BBN
B●BOY NOVELS

丸の内の最上階で恋

砂漠の欲情

あさひ木葉

イラスト／小禄

この物語はフィクションであり、実際の人物・団体・事件等とは、一切関係ありません。

CONTENTS

マルコイ

登場人物紹介

ファハド・ビン・アル＝ムハンマド・ビン・ザイード
Age:22歳
Height：187cm
Blood： B型
原油産出国ジャミル王国の王子。王族ゆえに傲岸不遜で享楽的。遠慮というものがない。和菓子好き。
鷹《たか》守《もり》瑛《えい》一《いち》
Age:28歳
Height:182cm
Blood:AB型
外資系総合商社のエリートビジネスマン。自信の塊で常に上から目線。ウジウジした人間が大嫌い。
星《ほし》川《かわ》瑞《みず》貴《き》
Age:19歳
Height:168cm
Blood:O型
抽選に当たり、丸の内ラダーのシェアハウスに住むことになった貧乏美大生。素直でまっすぐな性格。

丸の内ラダーのシェアハウスの住人たちをご紹介♥

名《な》久《く》井《い》智《とも》哉《や》

Age:28歳
Height:172cm
Blood:A型
丸の内ラダーの1階にある人気パティスリー『Jacob's《ジェイコブズ》 Ladder《ラダー》』のオーナー兼チーフパティシエ。優しげな外見に反して、実は気が強い。

真岐《まぎ》周《いたる》

Age: 35歳
Height:184cm
Blood:O型
通称“ヌシ”。シェアハウスの大家兼丸の内ラダーのオーナー。豪快、無精、ヘビースモーカー。実は世界屈指の投資家。

永《なが》尾《お》一《かず》博《ひろ》

Age:28歳
Height:175cm
Blood: A型
都内総合病院の勤務医。クールビューティで他人との接触を好まない潔癖症。

Illustration：小禄

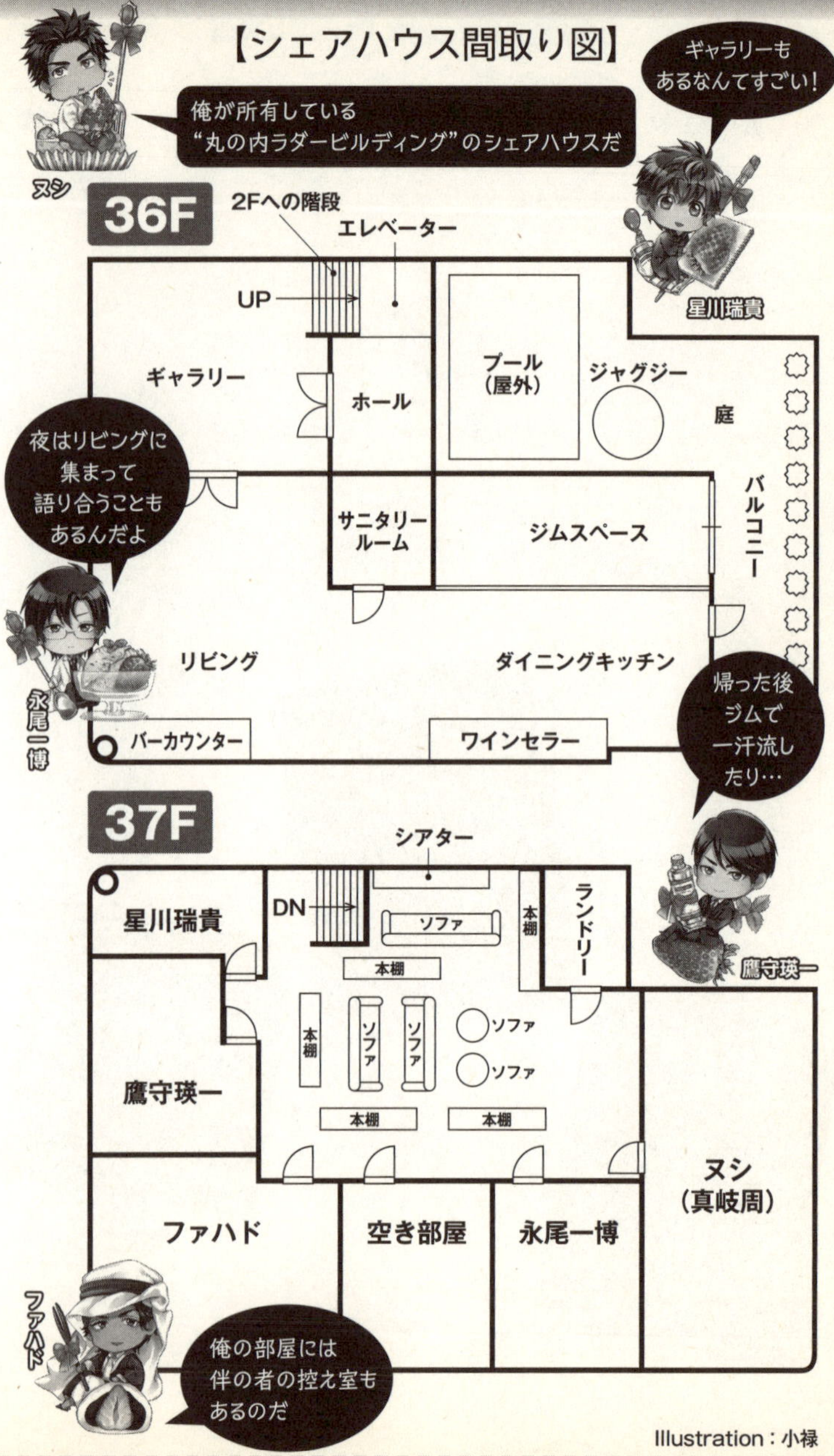

Illustration：小禄

丸の内の最上階で恋したら

砂漠の欲情

1

頭が、ぐらぐらする。

漂う煙草や、アルコールの匂いまでが、頭痛に拍車をかけている。暗い店内で、オレンジ色をした間接照明や、センスのいいBGMですら、今は神経を逆撫でするだけだ。

永尾《ながお》一博《かずひろ》は、眉間の皺《しわ》を深くした。

完全に、酒量の限界を越えている。こんな無茶な飲み方をしたのは、いったいいつ以来だろうか。

(……俺は馬鹿だな。なにも体裁《ていさい》を取り繕うために、こんなヤツにつきあうことはなかったっていうのに)

溜息しか、出てこない。

(まあ、体裁を取り繕おうとして墓穴を掘るのは、いつものことか……)

自分自身にうんざりしつつも、一博は傍《かたわ》らの男を一瞥した。

いつも身に纏《まと》っているアラブの民族衣装のかわりに、綺麗《きれい》なラインを描いているシャツを着こなした男は、不敵な笑みを浮かべていた。

衣服の上質さにも負けないほど、彼自身も高貴な身の上だ。

そう、たとえクラブでホステスと戯《たわむ》れていたとしても、酔ってくだけた姿を見せようとも、どこか気品が漂っている。傲岸不遜《ごうがんふそん》で、わがままで、手に負えない性格だということを知っている一博でも、ふとした仕草に、はっとさせられることがあった。

ファハド・ビン・アル＝ムハンマド・ビン・ザイード。中東の産油国、ジャミル王国の王族の一人だ。

黒い髪に黒い瞳、そして浅黒い肌の持ち主だからというだけではなく、その際立った美貌で、この東京の雑踏の中でも、人の視線を引きつけずにいられない男だった。

父方からも母方からもジャミル王国の国王を祖父に持つ彼は、有力な王位継承候補の王子だと目《もく》されている。

次々代の国王最有力候補との噂もあったらしい。

……少なくとも、日本に留学してくる前は。

（故郷を遠く離れて、どうしてこの日本に留学してきたんだろう）

別に、一博は彼の身の上を詮索したいわけじゃない。

正直に言ってしまえば、興味だってなかった。

彼についての情報を教えてくれたのは、全世界を相手に勝負をしているエリートサラリーマン、同じシェアハウスの住人、鷹守瑛一《たかもりえいいち》だった。

いくら高級シェアハウスとはいえ、まさかアラブの王子様がシェアメイトになるとは予想もしていなかった。ただ純粋に驚いていた一博に対して、「仲良くなっておくには損はない」と言い放った鷹守は、本当に商社マンの鏡だと思う。

彼ならば、ボルネオの奥地だろうが、アフリカの高地だろうが、どこに飛ばされたって、たくましく成功の種を見つけて日本に凱旋《がいせん》してくるだろう。

その手の野心は一博にはない。

鷹守のバイタリティには、ただ驚嘆するばかりだ。

彼と一博は、かなり性格は違う。それでも、一博にとって、鷹守とのつきあいは心地よいものだった。

年が近く、あまり立ち入った友人関係を求めてこない——同時に他人を立ち入らせない——鷹守のドライさが、一博にとっては好都合だったのだ。

合理主義や効率を対人関係にまで持ち込んでくる鷹守は、とかく人当たりのよさを優先してしまう一博とは違い、清々しいほど割り切りよく見える。

自分にはそんな振る舞いができないからこそ、彼の態度は小気味よいと感じることもあった。

ただ、鷹守のすっぱり割り切った交遊スタイルのおかげで、場の空気が凍ることがあるのは、ことなかれ主義の一博にとっては居心地の悪い話ではあった。

それはともかく、年の近いシェアメイトである鷹守とは、一博はそれなりに上手くつきあってきたのだが……。

そこにファハドが加わったことで、一博は微妙なストレスを溜めていた。口に出すほど子供ではないが、喜んでファハドと夜遊びしたいとは思えない。

なにも、鷹守と二人っきりで遊びたいということじゃない。

ただ、大人のつきあいができる鷹守と違い、ファハドは平気で相手を振り回してくるので、やりにくいのだ。

王子という出自ゆえか、単に子供っぽい性格なのか、それは一博も与《あずか》り知らぬことなのだが、ファハドは他人の都合にお構いなしだ。

まさに、支配階級のステレオタイプそのものだ。

仕事の都合上、仲良くなっておくのが得だという鷹守はともかく、一博はその手の打算で、上手に人づきあいできるほど器用じゃない。

勤務医として、愛想は患者のために使い果たしている。

これまで、ファハドとそつなくつきあってこられたのは、彼と二人で過ごす時間がなかったおかげだ。三人だったから、取れていたバランスなのだが……。

（それなのに、瑛一ときたら、さっさと一抜けするんだからな）

溜息しか出ない。

一博の本音はともかくとして——鷹守と一博、そしてファハドは夜遊び仲間となっていた。故郷を遠く離れているのをいいことに、ファハドは禁忌《きんき》のはずの遊びにも平気で手を出している。夜遊びなんて、彼の故国ではできる立場ではないだろう。

（遊ぶために、留学してきたのかもな）

彼の部屋はシェアハウス内でもっとも大きくて、護衛のための個室までついている。その護衛は故郷から連れてきた者たちだが、彼らも主《あるじ》の遊びには目を瞑《つむ》っていた。

厳しい戒律に縛られた王族が外国でハメを外すというのはよくある話らしいので、ファハドのことも極東での一時的な過《あやま》ちだと見做《みな》されているのかもしれない。

つきあわされるほうにとっては、たまったものではないが。

鷹守も交えて、三人で夜遊びしていたときはよかった。鷹守が、上手くバランスを取ってくれたからだ。

ところが今、鷹守は、新しくシェアメイトとなった星川《ほしかわ》と行動をともにすることが多くなってしまい、以前のように夜遊びをすることもなくなった。

ファハドと仲違《なかたが》いしたというふうでもないし、なにがあったかは、一博もよく知らないのだが……。ただ、仕事上の野心でファハドに積極的に近づいたときと違い、鷹守は今、仕事の上では役にも立たないはずの、星川との関係を重要視しているように見えた。

これまで積極的に夜遊びを主導していた鷹守がその調子のため、ファハドも、ここしばらく大人しく夜を過ごしていたのだが、とうとう我慢できなくなったらしく、こうして一博を引っ張り出したのだ。

まだ彼は医学生だ。いくら王族として必要な教養を身につけるための勉強とはいえ、学生の本分は勉強なんだから、時間を持て余しているというのなら、大人しく勉強すればいいのに。

一博は、嫌味でもなくそう思う。

もともと一博は、自分のするべきことをきちんとこなしていないと、どうにも落ち着かなくなる性格だ。逆に、自分の責務以外のことをするのは得意でもない。

享楽的《きょうらくてき》なファハドと、一博の気が合わないのは、そういう性格の違いも大きかった。

ファハドだって、一博と気が合わないと思っているはずだ。それなのに、そんな相手と飲みに来て、なにが面白いのか。

(……俺だって、面白くないんだ。ファハドのほうが感情的な性格だし、余計にそう思うんじゃないのか?)

顔には出さないものの、一博は既《すで》に帰りたくてたまらない。横目でファハドを見遣《みや》ると、気だるげにホステス相手に相槌《あいづち》を打っている。

だが、帰りたがっている素振りは見えない。

（いつまで、俺をつきあわせるつもりなんだろう）

一博は、たいして美味しいとも思えない、酒を飲み下した。

ここに来ると言ってしまったのは、売り言葉に買い言葉だ。


ことの起こりは、数時間前に遡《さかのぼ》る。


「なあ、瑛一を見なかったか」

ノックより先にドアを開けたシェアメイトに、一博は眉根を寄せる。

もともと、なつっこく人づきあいをしたいほうでもない。どちらかといえば潔癖症のきらいがあるし、プライベートの空間は守りたい。いきなり、そこに足を踏み入れてくるようなタイプとは、どうにもそりが合わなかった。

そのくせ、どこか人恋しいところもある。

我ながら、面倒な性格だ。

普通のマンションに住めばよかったのに、わざわざシェアハウスを選ぶなんて。一博自身、合理的な判断ではないと思っている。

このシェアハウスは、価格帯的に学生が住めるような物件ではないというのが、魅力的だった。オーナーであるヌシこと真岐《まぎ》周《いたる》は、住人の身上調査もしている。それなりの社会的ステータスが必要となるし、シェアハウスとはいえ、ほどほどに距離を置いた大人のつきあいができると期待して、一博は入居を決めたのだ。

学生のノリで、平気で人の部屋に踏み入ってきたり、こちらの都合もお構いなしの住人がいる可能性は低いだろうと踏んだのだが……。

一博は、真岐の交友関係を甘く見ていた。

いくら超高級物件とはいえ、留学生であるアラブの王子様が同居人になるなんて、誰が予想しただろう。

「……見てない」

不作法な闖入者《ちんにゅうしゃ》とはいえ、無視することもできない。溜息混じりに、一博は返事をする。

「それから、ファハド。何度も言っているけれども、いきなりドアを開けないでくれるかな。驚くじゃないか」

一博にしては強い調子で、大きくドアを開いたシェアメイトを窘《たしな》める。

鷹守に言わせると、おまえの『否』はわかりにくい、ということなので、果たしてファハドに伝わるかはわからないが。

ただ、こういう態度を取ってしまうのは、昔からの習性みたいなものだった。

一博自身もうんざりしているところはあるが、性格なり、思考なりというものは、なかなか変わったりしない。

「鍵を開けたままだった、おまえが悪い」

ファハドは、悪びれもしなかった。

ノックしてからドアを開けるという常識が欠落したおまえだって悪いだろうと言うことはできたけれども、一博はそっと言葉を飲み込んだ。

ファハドの言うことも一理あるし、こんなことで口論するほど一博は血気盛んではない。

「ちょうど、夕食に出ようとしてたところだったんだ」

その言葉は、嘘でも言い訳でもなかった。

ドアの鍵を開けたところで忘れ物を思い出し、ちょっと取りに戻っただけだ。その隙に、こんなふうに入り込んでくる失礼なシェアメイトなんて、ここにはファハドしかいない。

「じゃあ、ちょうどいい。俺と一緒に来い」

一博の都合も聞かずに、ファハドは言う。本当に、自分の都合でしか動かない男だ。

「俺は、これから食事に行くんだが……」

「俺も、いつもの店に行くつもりだ」

「いつもの店って、クラブじゃないか。今日は、ゆっくり小料理屋で美味しいものを食べたい気分なんだよ」

だから、またの機会に。

そう、言外に一博は匂わせる。

正直なところ、ファハドが自分を誘う理由がわからない。一博と彼では、会話が弾んだためしがなかった。

鷹守がいてこその関係だということがわからないほど、ファハドは頭の回転がにぶい男ではないのに、なんで誘ってくるんだろうか。

小生意気な医学生だとは思っていても、決して一博はファハドを侮《あなど》っているわけではなかった。頭の回転が速い男だと評価しているからこそ、彼の態度が腑《ふ》に落ちない。

「俺よりも、気が合う大学の友達を誘ったほうがよくないか？」

やんわりと、一博は水を向ける。

ぜひ、そうしてほしいという願いをこめて。

「断る。おまえがいい」

「……どうして」

友達がいないのかなんて、さすがに言わない。しかし、咎《とが》めるような口調になったのかもしれない。

出し抜けに、ファハドが顔を近づけてきた。

そして彼は、にやっと笑う。

「もちろん、おまえが俺を嫌っているからだ」


思わず絶句してしまったのは、一生の不覚と言うしかなかった。

2

(本当に、俺は馬鹿だ。あそこで、『そのとおり、おまえが嫌いだ』と言えていたら……)

酔いも回ってきた頃合いで、思考が繰り言《くごと》っぽくなっている。

一博は、深く息をついた。

もちろん、一博の性格的に、そんなことは口が裂けても、本人に言えるはずがない。たとえ、相手がどれだけいけ好かない性格だとしても。

いつものごとく、ラウンジの女性と戯れているファハドを横目で見遣り、一博は溜息をつく。

鷹守がいないならいないで、ファハド一人で遊びに来ればよかっただろうに。

どうせ、ファハドは日本語に不自由していない。

悪態は、口の中だけで呟く。

(言えるような性格なら、『こんなこと』にはなってない……か)

問題事は避けて通る。

波風を立たせないにこしたことはない。

――それが、一博の処世術だった。

大人の智恵などとは言わない。

これは、狡《ずる》さだ。

でも、現実的ではあると思う。

自分の周りを透明な板塀で囲って、安全圏を確保しておきたい。そうすることで、避けられる痛みはたくさんある。

他人のことを嫌っているわけじゃない。

人の気配がある場所にいるのは好きだ。だからこそ、シェアハウスなんかで暮らしている。そして、鷹守とたびたびつるんで夜遊びをしていたのだ。

だがそれは、あくまで相手が節度をもったつきあいをしてくれる場合だ。こんなお子様な暴君相手では、楽しいはずの夜遊びもストレスにしかならない。

夜の街は好きだ。

誰もが相手に深入りせず、優しく甘やかしてくれる。

その束の間の幻想の優しさを買うには、金の力が必要だとしても。

でも、傍らに、傍若無人《ぼうじゃくぶじん》で図々しい男がいるとなると、話は別だ。

夜の魅力は、すっかり色あせてしまった。

（こんなふうに、あとでグチグチ思うくらいなら、最初から断ればいいのに。それもできず、割り切って楽しむこともできないでいる、俺は本当に情けない）

誘いを断り切れなかった結果、一博はファハドにつきあって、いつものクラブに来ている。自分の弱腰に、呆《あき》れるしかなかった。

シェアメイトに「俺のこと嫌いだろ？」と問われて、「そのとおり」と答えられるほど、一博は社会常識のない人間ではなかった。

いや、社会常識というよりも、むしろ他人の顔色を窺《うかが》う癖があるのだと、そういう自分が本当は嫌いで、でもどうしようもなくて苛《いら》ついているのだと、ちゃんと直視するべきだろうか。

ともかく、居心地の悪さは否めない。

もっとクールに対応すれば、ファハドの誘いに乗らずにすんだのだろうか。

後悔しきりだ。

どうせ、こちらが大人の対応をしても、ファハドは子供の対応を返してくるだろうけれど、それをスルーすることくらい、できたかもしれないのに。

子供――そう、毎日顔をつきあわせるシェアメイトに、「俺のこと嫌いだろう？」と聞くなんて、子供としか表現できない。

いくら本当のこととはいえ、言葉にしたら波風が立つと、わかり切っているようなことだ。それをあえて言葉にしたファハドの子供っぽさを、一博は厭《いと》うた。

あるいは、傲慢不遜な性格がなせる業《わざ》か。

（気に入らない相手だからといって、シェアメイトとの間に波風立てるのは得策じゃない。俺だって、そんなに馬鹿じゃないんだから、いくらあいつが苦手だからって態度に出すつもりはないんだ。それくらい、ファハドにだって理解できないのか？）

ファハドは……、子供は面倒くさい。

それが、一博の偽《いつわ》らざる感情だ。

彼は、単純に一博の反応を見て面白がっているだけなのかもしれない。それならそれで、娯楽のネタにされているようで、不愉快だ。

困惑した一博に対して、ファハドが追い打ちをかけてくることはなかった。

（腹立たしい）

一博は不機嫌だ。

このクラブで無為な時間を過ごさなくてはいけないという事実が、神経を逆撫でする。せっかく、美味いものをつまみに行くつもりだったのに。

そしてなによりも、こんなふうに鬱屈《うっくつ》を溜め込んで、ファハドにいいようにあしらわれてしまっている自分が、ふがいなかった。

自分に対して、苛立ちを感じている。

そのせいで、一博はいつになく酒の杯を重ねてしまっていた。

ファハドはクラブのフロアガールたちと戯れるだけで、別に一博に話しかけてくる様子もない。

一博相手に、特に話題もないのだろう。

思えば、自分たちは夜の街に繰り出しても、お互いに会話することで盛り上がるわけでもなく、こうして女性たちに囲まれて、思い思いに時間を過ごすだけだった。

（やっぱり、俺を連れ出さなくてもよかったじゃないか。一緒に来ていても、一人で来ていても、過ごし方が変わるものでもないだろうに）

一人ではクラブ遊びもできないだとか、そんな初心《うぶ》なことを言い出すような男でもあるまいし。

一博への嫌がらせで、連れ出したのだろうか。

たしかにファハドとは合わないものを感じているが、こんな積極的に嫌がらせをしてくるとは。

そんなふうだから好きになれないだなんて、一博も子供っぽく考えてしまう。

（不毛すぎる……）

苛立ちから杯を重ねてしまったのがいけなかっただろうか。

ふと気がつくと、結構な量を飲んでいた。

外の空気を吸いに行こうとした一博は、足に力が入らなくなっていることに気がついてしまった。

（俺は馬鹿か）

自分自身に、うんざりだ。

吐き気がする。

一博は、深々と溜息をついた。


「珍しいな、一博がこんなになるまで飲むなんて」

ファハドはそう言いつつも、一博に肩を貸してくれた。

放っておいてくれ、自力で戻れるようになったら帰るから。そう言ったにも拘《かかわ》らず、ファハドは夜遊びよりも、一博の介抱を優先する。

ボディーガードたちではなく、自らが一博に肩を貸して、こうして家まで連れて帰ってきたわけだ。

夜ともなれば、丸《まる》の内《うち》の夜景が一望できるビルの最上階。それが、ファハドや一博の暮らすシエアハウスだ。しかし、今はアルコールのせいで、濁った視界は濡れて、下界の星々は滲《にじ》んで見えた。

「……着いたぞ」

「ああ……」

エレベーターの浮遊感から立ち直れず、余計に足下がおぼつかなくなっていた。ファハドに担《かつ》がれるように、居住スペースへとつながっている階段を上る。他の部屋は静まり返っており、この醜態《しゅうたい》を見られずにすんだのがせめてもの救いだった。

「……すまない」

ぽつりと、一博は呟いた。

「迷惑をかけた」

よりにもよって苦手意識のある相手に、それを知られてしまった上、面倒を見てもらっている。こんな状況に平気でいられるほど、一博は図太くない。

「気にしなくていい」

にっと、ファハドは笑う。

「おまえのこんな顔を見られるなんて、役得でしかないしな」

「やく、とく……?」

「ああ」

ファハドは喉を鳴らした。

「こんな、色っぽい顔」

いきなり、顔に影が落ちる。ほんの間近で囁かれて、一博は目を大きく見開いた。

気がつけば、一博の口唇はファハドに奪われていた。

3

息が詰まる。

いきなり口唇を奪われたとはいえ、怯《ひる》んだのは間違いだった。

開かれた扉はファハドの部屋のそれで、そのまま一博はファハドに部屋の中へと引きずり込まれてしまう。

「……う、ぐ……っ」

ぱたんと、ドアの閉じる音がする。

目の前が、絶望で真っ暗になった。

一気に酔いも吹き飛ぶ。

ファハドの意図を、察したからだ。

さすがに、口唇を強引に奪われ、体を押さえつけられて、なにをされるかわからないほど、一博も初心ではなかった。

よく躾《しつ》けられたファハドの護衛は、素早い動きでドアを閉ざしてしまう。こんなことは慣れっ

こだと、言わんばかりに。

彼らはそれ以上、ファハドに加勢をすることはなかった。

だが、すぐに控えの間に消えていく。

ファハドの部屋は、このシェアハウスのどの個室よりも広くて、そして唯一、護衛たちの居室もある。彼らはそこに閉じこもり、一博とファハドを二人っきりにするつもりだ。

彼らが消えたところで、一博の危機には変わりはなかった。

夜遊び好きなファハドは、女が好きなんだと思っていた。まさか、自分に対して欲情するとは、一博はこれまで考えてもみなかったのだが……。

「……んっ、ぐ……」

一博はファハドの腕を振りほどこうと、がむしゃらに暴れる。

しかし、酔いのせいか、それとも体格の差なのか、彼を突き飛ばすことができない。

拘束はきつく、荒々しかった。

「やめ……っ」

必死で身じろぎした一博は、どうにかして口唇を解放することに成功する。

一博は大きく息をつくとともに、拒絶の言葉を吐き出した。

しかしファハドの指先は一博を追いかけ、細い顎《あご》を乱暴に摑んだ。

「あいにく、俺は命令されることには慣れていなくてな。……人に命令するならばともかく」

ファハドは、不遜に笑う。

「な……っ」

あまりにも尊大な言いぐさに、思わず一博は気色《けしき》ばんだ。

もちろん、彼が人を従える立場の人間だということは知っている。

だが、身分などというものは色恋沙汰には関係ないはずだ。

「俺は、おまえの臣下じゃない。それに、命じられて、するようなことじゃないだろう！」

一博が睨《にら》みつけると、ファハドは面食らったような表情を見せる。

「……ふん、正論だな」

彼は小さく舌打ちをしたが、機嫌を損ねた様子はない。

それと同時に、一博を解放するつもりもないように見えた。

「だが、正論は力の前に無力だ。……大人しくしていろ。気持ちよくしてやるから」

ファハドの瞳は欲望を孕《はら》んでいる。

ぎらつく眼差《まなざ》しに、一博はぞくっとした。

「ふざけるな……っ！」

欲望を煽《あお》るような熱を孕んだ眼差しを拒むように、一博は声を張り上げる。「そういう雰囲気」

に持っていかれてたまるか。

どうして、ファハドの相手をしなくてはいけないのか。

「大声出すと、他の連中に迷惑じゃないか」

白々しいことを、ファハドは言う。いったい、誰のせいでこんなことになっていると思っているのだろうか。

「おまえの存在自体が、今、俺にとっては迷惑だ」

押し殺すような低い声で、一博はファハドを罵《ののし》る。

「……案外、気が強いな」

ファハドは、ほくそ笑んだ。

「いつもの、澄まし顔よりずっといい。……不安を溜め込んで、破裂しそうになっているあの顔よりもな」

「……っ」

虚《きょ》を衝《つ》かれた。

まさか、自分が彼の目にそんなふうに映っているとは、一博は考えてもみなかったのだ。

(侮っていた……か?)

年下ということもあり、ファハドに自分の心境を洞察されているなど、一博は想像したこともなかった。

「不安」な顔だと……、思われていたなんて。

（どうして、そんなことを）

感情を顔に出さないことにかけては、自信があった。ちょっとやそっとのことで、一博のポーカー・フェイスは崩れたりしない。

ファハドなんかに、一博のなにがわかるのだろう。

理解されているとは、考えたくもない。

不安だなんて決めつけるな、と思った。しかし、声に出して否定する力がないことを、一博は自覚していた。

なぜならば、一博は……。

一博は、頭を振った。

自分の足首を摑み、泥沼に引きずり込むような重苦しい気持ちを振り切るように。

ぎりりと奥歯を嚙みしめる。

今は、余計なことを考えている場合ではない。ろくでもない人生に、さらに黒歴史を上塗りされかけているのだから。

だがしかし、ファハドの言葉に、一瞬で囚われてしまったのも事実だった。

一博の、痛い部分を見抜かれた気がした。

抉《えぐ》られた後ろめたさが、一博の抵抗を鈍らせる。

決して、ファハドに堕《お》ちかけているわけじゃない。むしろ、反発心が募っている。それなのに、力が入り切らないのは、心の奥底を暴かれた、羞恥心ゆえだろうか。

ファハドは、真正面から一博を見据えた。

「俺に、興味を持っただろう?」

どこから、その自信が湧いてくるのだろう。

ファハドの性格は、根底から一博とは相容《あいい》れない。

とてもじゃないが、一博にはそこまでの自信はない……。

「俺の前で、隠し事をするな。不愉快だ」

「……勝手なことを」

ぎりぎりと、一博は奥歯を噛みしめる。

ファハドの言うことは、一から十まで身勝手で、そのくせ一博の心を抉る。

なんて厄介なのだろう。

彼の言うことに一理あるなどと、思ってしまったら最後だ。耳を傾けてしまったら、ファハドの不遜な詭弁《きべん》に丸め込まれてしまいそうだった。

探るような眼差しひとつしないところも、可愛げがない。

ファハドは傲慢に、一博を決めつけるように真正面から見つめてくる。

圧倒しようとする。

この男に、今、顔を見られていたくない。

そう思ったものの、目をそらしたら負ける気がした。

一博は、正面からファハドを睨み据える。こんなことでも虚勢を張らずにいられない、自分を苦々しく思いながら。

「いい目だ」

ファハドは、口の端を上げた。

「ますますそそられる」

「勝手なことばかり言って……！」

「だが、真実だ」

そう言うと、再びファハドは一博の口唇を奪った。

歯がぶつかるような、乱暴で強引なキスだった。

「……うっ、く……っ」

口唇を貪られる。

息が苦しい。

キスを許してなんかいない。

これは、暴力でしかなかった。

それなのに、体温が上昇してしまう。

(どうして……っ)

舌先が無理矢理口唇を割り、歯列をなぞるように蠢《うごめ》く。

これ以上好き勝手するようなら舌を噛んでやろうと思ったが、力が上手く入らない。

テクニックもなにも、雄の欲情をそのままぶつけ、貪るようなキス。こちらの都合なんてお構いなしで、熱の泥濘《でいねい》に引きずり込もうとするような。

口づけひとつにも、性格は出るのかもしれない。

(生意気な……っ)

誰が、こんな男の恣《ほしいまま》の行動を許すものか。

熱に飲まれたりはしない。

「……っ」

一博が力を振り絞るように嚙みつくと、かすかにファハドは眉を顰《ひそ》めた。

だが、彼が引くことはなかった。

それどころか、さらに力で一博をねじ伏せようとする。

「流されない、か。……いいだろう」

大きな手のひらが、肩や腰を摑む。

毛足の長い絨毯《じゅうたん》へと、一博は押し倒されてしまった。

「……っ」

「荒馬を乗りこなすのは、得意なんだ」

馬乗りになったファハドは、一博から容赦なく行動の自由を奪った。

「この……っ」

一博は、ファハドの分厚い胸板を、思い切り殴りつける。

シェアメイトとあとあと揉めないように穏便《おんびん》にだなんて、お上品なことを考えている場合じゃない。

全力で抵抗しなければ、このまま犯されてしまうだろう。

「離せ、ファハド！」

一博は、射殺さんばかりの眼差しで、ファハドを睨みつける。

ファハドは、一博の怒りをとりあわない。

「怒ってもおまえは美人だ」

まるで挑発するかのように、ファハドはほくそ笑んだ。

「いつもの取り澄ました表情よりも、ずっとそそる」

「ふざけるな！」

ファハドが寝言を囀《さえず》るので、一博は怒りを露《あらわ》にした。

ファハドを振り払おうと、一博はさかんに身じろぎをする。

でも、上手くいかない。

怒りで、酔いなんて吹き飛んでくれたらいいのに。

抵抗するにも力が入らないなんて……。

(体格差はあるが……。それほど不利になるとも思えないのに)

非力な自分に苛立ちすら感じる。

暴れる一博を、ファハドは上から押さえつけてきた。

「ふざける、か」

ファハドは声を低め、一博に囁きかけてくる。

「ここまでして、ふざけただけですませられると思うのか？」

「……っ」

いきなり股間を握り込まれ、一博は息を詰める。

布地ごしに乱暴に握られた性器は萎《な》えているが、ファハドはそれを乱暴に擦り立てた。

服が、下着が性器の拘束具になる。

きつきつに圧迫されたそこは、反発するように硬くなった。

さっと、一博は青ざめる。

（どうして、こんなことで……？）

性器に芯が通ったような感覚に、一博はぞっとした。

こんな反応は、おかしすぎる。

快感なんてない。

与えられているのは、暴力だ。

そして、一博はそれを厭うている。

いくら、熱情をぶつけてくるようなキスをされたからといって、情欲を刺激されるなんてことは、あってはならない。

「く……っ」

「敏感だな」

ファハドは、口の端を上げた。

彼の手の中で、一博の性器は快楽を形作ろうとしていた。弱い部分を握り込んだ指に力を加えられると、硬くなったものへの強烈な刺激で、意識が飛びそうになった。

「……っ、う、あ……！」

腰が、大きく跳ねる。

条件反射……、いや本能的に、「出る」と思った。

ぐっと下腹に力を入れて、一博はその感覚をやり過ごす。羞恥心と屈辱で、頭がおかしくなりそうだった。

アルコールが入っているせいで、感覚は鈍くなっているはずだ。しかし、数度、乱暴に擦られただけで、萎えていたはずのものが勃起している。

快楽なんて、ありえないはずの行為で。

「……やめろ……っ」

一博は喉をひくつかせるように、怒りのうなり声を上げる。

腕や脚をがむしゃらに動かしているつもりだが、ファハドはびくともしない。見かけよりもずっと、彼は頑強な男のようだ。

「そんな目で見ても、俺を煽るだけだぞ」

「う……っ」

ファハドは一博の性器を捕らえたまま、離しもしなかった。

まるで、そこが最高の玩具だとでも言わんばかりに。

性器の先端からは、既に恥知らずな先走りが溢《あふ》れているのだろう。

下着が不快なほどぴったりとそこに張り付いていて、その拘束感が刺激になってしまう。

己の体の変化を、一博は憎んだ。

恥じた。

望んでもいない行為で快楽を得ている自分の節操のなさが疎《うと》ましい。

「いい反応だ」

にんまりと、ファハドは口元を歪ませる。

己の戦果を確認するかのように、一博の性器の形を強調するような手つきで、そこを何度も何度も扱《しご》く。

「やめろ、離せ！」

「断る」

くくっと、ファハドは笑う。

「どうして、こんな美味そうな獲物を前に、手を引かなくてはならないんだ?」

「勝手なことを…っ」

「俺がそういう男だということを、おまえはもとから知っているんだろう?」

だから嫌いなんだろうと、ファハドは嗤《わら》う。

「悪趣味すぎる……っ」

一博がファハドをどう思っているかわかった上で、なおもセックスを強《し》いようとしている。それを、隠しもしない。

最悪だ。

悪趣味なのは勝手だが、そこに一博を巻き込まないでほしい。

「俺を、おまえの趣味につきあわせるな。離せ!」

一博は渾身《こんしん》の力で、腕を振り上げた。

「……安心しろ。つきあいたい気分にさせてやる」

ファハドは、一博の腕をねじ上げる。そして、そのまま手首をひとまとめに摑むと、絨毯へと押し付けた。

「離せ!」

「おまえは、俺に命じることができる立場じゃないだろう?」

必死の抵抗は、無駄なあがきでしかない。

ファハドはいきなり、一博のシャツのボタンを引きちぎり、前を開けた。

「……っ！」

肌が露になる。

外気に撫でられたようで、思わず一博は息を呑んだ。

ぞっと、全身が総毛立つ。

どんどん、自分が追い込まれていく。

危機感でいっぱいだが、状況を打開するすべを見出せない。

（このままじゃ、まずい……）

ごくりと、一博は息を呑む。

決して事態を軽んじていたわけではない。

だが、心のどこかで、まだ大丈夫だと思っていた。

逃げられるはずだ、と。

しかし、ファハド自身に、「逃がさない」と突きつけられてしまった気がする。ひたひたと迫りくる危機に、全身が総毛立った。

肌を暴かれたことで恐怖心はひときわ強くなり、声にならない悲鳴を一博は上げる。

全身が強張った。

「なんだ、初心だな。肌を見られただけで、怖じ気づくとは」

ファハドは、無遠慮に一博の胸元に顔を寄せた。

「これで、俺に直に触れられたら、おまえはどうなってしまうんだ？」

「さ、触るな！　そんなことは許してない！」

一博は声を荒らげる。

「おまえの許しは求めていない」

いかにも、なにをしても許されてきた男らしい傲慢さで、ファハドは言い捨てる。

「人を馬鹿にするのもいい加減にしろ！」

「はは、いいな。そういう顔。実にわかりやすいじゃないか」

ファハドは、楽しげに声を立てて笑う。

「……俺を憎んでいるんだな」

しみじみと、まるで愛おしむような口調で、ファハドは呟く。

「な……っ」

ファハドの言葉に、一博は虚を衝かれた。

（なにを考えているんだ……？）

一博の、憎しみすら愛《め》でるのは、上に立つ者としての余裕の表れなのか。

……それとも、他に理由があるのか。

わからない。

思えば、一緒に行動する機会が多かったわりに、一博はなにもファハドのことを知らなかったのだ。

こんなふうに襲われ、欲望のまま蹂躙《じゅうりん》されようとしている際にも。

「ファハド、おまえ……」

一博の問うような呼びかけに、ファハドもなにか感じるところがあったのかもしれない。

彼は小さく口の端を上げたが、無言だった。

言葉のかわりに、一博の体へと食らいついてくる。

「……くっ」

ファハドは一博の胸元に口唇を押しつけ、強く吸う。

肌を吸われたくらいたいしたことはないと思っていたが、その口唇が乳首へと寄せられたとき、一博は女のような悲鳴を上げてしまった。

「きゃう……っ！」

下半身を触られたときとは異なった、むずがゆいような感覚が全身を走る。

（なんだ、これは……っ）

そんな場所は、意識したこともなかった。

男の乳首なんて、役立たずなだけの飾りだ。

だが、ファハドの口唇に咥《くわ》えられ、歯を立てられたことで、見事に一博の中の常識が覆《くつがえ》された。

小さな乳首は、快感を生む場所だったのだ。

（そんな馬鹿な）

一博は男だ。

そこで快楽を感じるはずがない。

性器を握られ、硬くなってしまったときよりも、一博は動揺していた。

「……さわ、るな……っ」

女のように啼《な》いたのを恥じ、快楽に狼狽《うろた》えて、一博は胸を庇《かば》おうとする。

それこそ、女のように。

そんな自分の行動自体が、屈辱以外の何物でもなかった。

でも、自分を守りたいという本能は強く、条件反射のように一博は身を捩《よじ》る。

本来は、無意味なはずの乳首を、守るために。

（情けない）

ファハドごときにされたことに、反応してしまったことが、悔しくてたまらなかった。この行為に、意味を持たせてしまったことが。

「いい感度だ。……素質があるんじゃないか?」

「な……っ」

「雌の歓喜を、すぐに覚えそうだ」

ファハドはほくそ笑むと、再び一博の胸に食らいつく。硬くなった乳首を噛まれた途端《とたん》、全身を強烈な快感が貫いた。

「あう……っ!」

呻《うめ》くような、喘ぐような声を漏らしてしまった口唇は、ファハドの餌食《えじき》になる。

肉厚の舌を口内へ無理矢理ねじ込まれ、一博は何度か咽《む》せた。しかし、ファハドはお構いなしで、柔らかな粘膜を蹂躙してくる。

「……うっ、ぐ……」

苦しい。でも、それだけじゃない。

キスを強要されながら、乳首を指でつままれ、こねくり回され、弾かれる。くにくにと引っ張るように扱かれると、そこは性器のように勃起してしまう。

ぴんと硬い爪が乳首に当たるたびに、脳天を貫くような快感が一博を身悶えさせる。

「……あ……ぁ……」

生じた快楽は、ダイレクトに一博の下半身へと流れ込む。

まだ下着に包まれている場所は、布を突っ張るように形を変えている。

破廉恥《はれんち》な体の反応に、一博は血相を変えた。

望まないはずの性行為で、屈辱の勃起をしてしまった。自尊心がずたずたに傷つけられた一博は、さっと青ざめた。

「これが、そんなに好きか？」

当然のことながら、ファハドが一博の体の変化を見逃すはずがない。彼は何度も何度も、爪の先で一博の乳首を弾いた。

「あっ、う……く、あ……っ！」

乳首を弾かれながら、口唇を貪られる。それだけではなく、再び性器に手を伸ばされて、一博はひっと喉を鳴らした。

「嫌だ……！」

乳首をいたぶられ、口唇を吸われたことで、性器はさらなる熱を蓄《たくわ》えはじめている。

強がっていることができず、一博は必死で腰を逃がそうとする。

だが、ファハドは難なく、一博の腰を押さえつけてくる。

「……っ」

「中から濡れているのか。恥ずかしい染みが広がっている」

「……っ」

ファハドに揶揄《やゆ》され、一博はかっと頬を紅潮させる。

己の欲望も抑えられないなんて、まるで思春期の子供のようだ。

認めたくない、ファハドのせいで感じているなんて。

しかし、体の変化は隠しようもなかった。

一博は、どちらかといえば性的な欲望が薄い。意に染まない行為でこんなに……、感じてしまうなんて、ありえない。

考えたこともない。

自分の体がおぞましすぎる。

気持ちが悪かった。

……そう、ただ気持ち悪い、不快な行為のはず。そうでなくてはいけない。

それなのに、ファハドに触れられた部分から広がっていくのは快楽の炎で、その火は一博の全身を包み、煽る。

「……く……っ」

「声を殺す必要はない。……聞かせろ。そして、見せろよ、おまえの素顔を」

「なんで……っ」

「……そそられる。他に、理由が必要か？」

うっすらと笑ったファハドは、一博の下着をズボンごと下げた。

熱でほてった下半身が、一気に露になる。

「……っ」

一博はあわてて、むき出しになった恥部を隠そうとした。だが、ファハドにはしっかりと体を押さえ込まれているため、それは叶わない。

恥ずかしげもなく勃起した性器を、ファハドの手が直に、しっかりと握り込んだ。

「やめろ……！」

ひときわ甲高い声で、一博はファハドを制する。

もちろん、ファハドが聞き入れるはずもないのだが……。

「ぐ……っ」

きつめに握り込んだ手を、ファハドは根元から先端へとスライドさせる。

爪の先で浮いた血管をいたぶられ、思わず呼吸が途切れる。太くなっている雁首《かりくび》の部分をぎちぎちに締め上げられながら、尿道に爪を立てられると、声にならない悲鳴が漏れた。

頭がおかしくなりそうだ。

「……っ、ぐ……」

敏感な尿道に、鋭い痛みを与えられる。

でも、苦しくない。

じんと、焼けるような熱が全身に広がっていった。それどころか、とろみのついた先走りが、どっと溢れてしまう。

漏らしたような感覚に、ぞっとした。

こんなふうに、感じたことはない。快楽が、淫楽の蜜になって、抑え切れず溢れ出てしまっている。

酔っているせいだろうか。

それとも、ファハドが巧みなのか。

欲望を力尽くで引きずり出される苦しみは、強烈な快楽と一体だった。

「……う、あ……っ」

尿道を爪で弄《いじ》られ、広げるように力を加えられ、乳首に噛みつかれる。その瞬間、一博は自分を抑えられなくなった。

(出る……!)

怖気が走る。

本能的な嫌悪感に、一博は叫び声を上げてしまった。

「……だ、いや、だ……っ！」

思わず悲鳴を漏らしてしまう。

「いやだ、いきたくない、いやだ、いやだ、いやだ……！」

こんな、傲慢で身勝手な男の手で、欲望を引きずり出される。

あられもない、快楽にふける姿を見られてしまう。

好きでもない男の手で、玩具にされたあげくに射精させられるなんて、屈辱感で身も心も引き裂かれそうだ。

「……いい顔をしてくれるじゃないか」

ファハドは満足げに笑うと、さらに容赦なく一博の性器を弄びはじめた。

じゅぶじゅぶと、みだらな水音が辺りに響く。一博がはしたなく垂れ流している淫水まみれになった性器が、ファハドの手でこねくり回されているのだ。

ファハドの手の中で、一博の欲望は膨れ上がっていく。

そして、その欲望は、今すぐにもはけ口を求めてしまっていた。

そう、あと一押しで——。

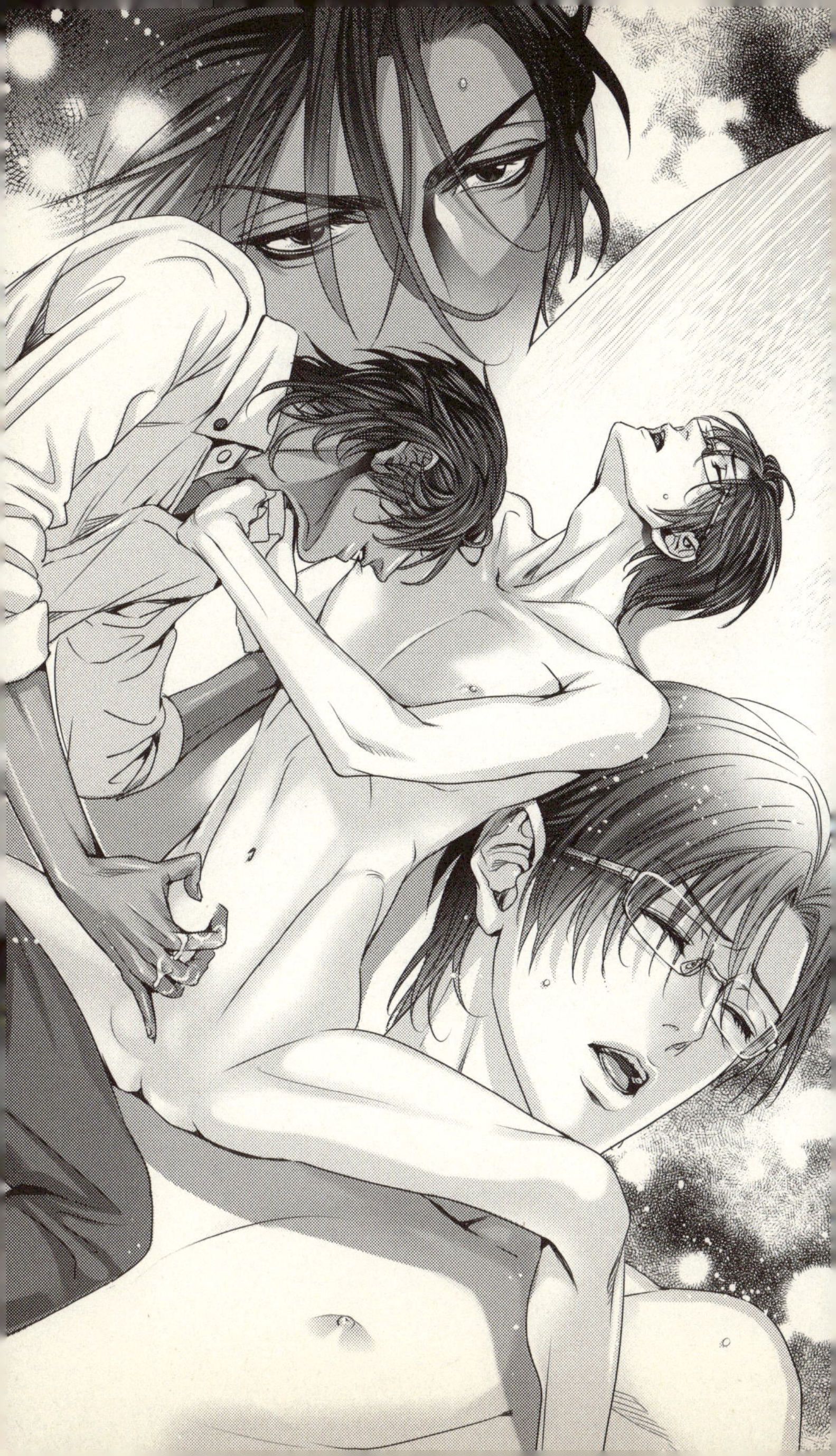

「うっ、あ、あぁぁぁぁ！」

我慢なんてできなかった。

一博はあっけなく射精した。

「……っ、ひ……」

どくどくと、体内から恥知らずな快楽が流れ出していく。

たまらず、一博は両手で顔を覆った。

「いっぱい出したじゃないか」

呼吸が乱れ、開きっぱなしになったまま、唾液をこぼすみっともない口唇に、舌が這う。嚙みつく力も、今の一博にはなかった。

屈辱でずたずたになり、一博は放心する。

しかしそれは、獰猛《どうもう》な肉食獣の前に体を投げ出すような、愚かな行為でしかなかった。

「……ひっ！」

脚の間に割って入ってこられて、思わず一博は息を吞む。

「なっ、そこは……！」

「おいおい、ここを使わなければ、終わらないだろう？」

ファハドは一博の溢れさせた白濁を指先ですくい取り、指にたっぷり絡めたかと思うと、一博の後孔に無遠慮な指を入れ込んだ。

「……きついな。だが、ここを熟《う》れさせていく楽しみがある」

「ひ、あ……っ！」

逃げ出そうとする体は、無情にもファハドに押さえ込まれる。

きつい孔《あな》を押し広げるように、中で指を回される。肉襞《にくひだ》をめちゃくちゃに突き回されて、一博は何度も悲鳴を上げた。

痛みだけならば、まだマシだった。しかし、肉襞に埋もれたある一点を強く揉み込まれた瞬間、萎えたはずの性器が再び漲《みなぎ》り、一博は絶望する。

白濁混じりの先走りが、こぽりと性器の先端に浮かぶ。

快楽の証《あかし》は、一博の両脚を左右に大きく広げたファハドの目には明らかに見えているだろう。さらなる恥辱に、一博は思わず目を閉じてしまう。

「痛いのが、好きなんだろう？」

ファハドは笑う。

「強引に、自分を引き出されるのが」

「……違う……！」

ひどい男だ。

人を陵辱《りょうじょく》しておいて、どうしてそれを一博が望んだことのように言うのか。

「そんなの、強姦魔の詭弁《きべん》だろ！」

「……詭弁か。おまえには、そう聞こえるのかもな」

ふと、ファハドは笑う。

「まあ、俺も、おまえのためというほど厚顔ではない」

一博は無言で睨みつけた。

「おまえほど厚顔な男は見たことがない」

感情的にならないように、むしろ軽蔑し切った冷徹な声音で、一博は言い放つ。

たとえ快楽を暴き立てられようとも、たいしたことではないのだと、示そうとするかのように。

「わかっていないな、おまえは」

ファハドは、にやりと笑った。

「外面のいい仮面をつけられると、引っぺがしてやりたくなるんだ。……隠し事をしている輩《やから》が身近にいると、落ち着かないからな」

「知るか……っ」

「……ああ、そうだ。俺の勝手だ。よくわかっているじゃないか」

指を引き抜かれた瞬間、死んだほうがマシだと思った。解放されたわけじゃない。自分はこの男に犯されるのだ。

男によって開かれた穴は、雄の欲望を満たすための玩具でしかない。

一博は必死に膝を閉じようとするが、難なくファハドに阻《はば》まれてしまった。

「だから、おまえがどれほど拒もうと、必死に嘆願しようとも、俺を止めることはできない。

……なにせ、身勝手な暴君のやることだ」

「最低だ！」

開き直りの言葉に、一博は呻き声を上げた。

だが、ファハドは止まらない。

彼は強引に、一博の体をこじ開ける。

そして、猛々しいほどの欲望を、一気に叩きつけてきた。

「……ぐっ、う……！」

下から突き上げられるような圧迫感に、思わず一博は息を呑んだ。

柔らかな粘膜が、ぎちぎちに広げられる。

男の形に、一博の体が歪められていく。

雄の欲望でうがたれた穴に、ひどく痛みを感じた。

「……っ、あ……！」

「さあ、おまえの身のうちに、俺を種付けしてやろう」

欲望に声を掠《かす》れさせ、野蛮で猥雑《わいざつ》な台詞《せりふ》を吐きながら、ファハドは一博を征服したのだった。

4

ぐちゅ、じゅぶ、と醜《みにく》い音が響いている。

淫靡《いんび》で、猥雑で、そして罪深い快楽を知らしめる水音——。

「……んっ、あふ……、ああ……」

体の内側を突き上げられる感覚に全身を大きくわななかせ、あられもない声を一博は上げる。

肉壁を硬く勃起した性器にこねくり回されるのに合わせて、声がひっきりなしに漏れた。

「……うっ、あ……」

口唇を閉じている力も失ってしまい、だらしなく開いたそこからは、唾液が溢れている。それを舐め取る肉厚の舌の感触にも、一博は何度も体を震わせた。

「馴染《なじ》んできたな」

「あ、ああ……っ！」

囁くファハドの声も熱で嗄《か》れていて、雄の欲望の香りがした。彼は一博の腰をしっかりと押さえつけて、擦り上げられて柔らかくなった内側の、ある一点を狙いすましはじめる。

「ぐっ、ひ……！」

「……ここが、いいんだろう？」

「やめ、ろ……！」

太い性器の先端は一博の体内で一番弱い部分に押しつけられ、埋もれた快楽の源《みなもと》を抉るように刺激した状態のそれを軸に、ぐりぐりと中をかき混ぜるような動きをしてみせる。

唯一、触感が違う場所――。

そこを刺激されると、淫らな声が溢れてきてしまった。

「うっ、ひ、あ……。あう……っ」

ぐちゃぐちゃにかき乱されるのに釣られて、声が漏れる。

頭の芯が痺れ、白んでいく。

（おかしくなる……っ）

我を忘れる快楽などというものを、一博は今まで知らないでいた。

『これ』がそうなのだろうか。

猛々しいファハドの性器は、体内で暴れつづけている。内側から突き崩され、ぐずぐずに蕩《とろ》けていってしまいそうだ。

恐ろしいのは、一博の理性までもが粉々にされていくことだ。このまま、自分自身が奪われてしまうのではないかという本能的な恐怖は、理屈ではなかった。

でも、その恐怖以上に、強烈な快感が今、一博を貫いている。

「……あ、あふ……ひっ、ひゃあ……あ、あぁん…っ！」

一博の理性を、取り繕った体面を壊していくような、荒々しくも乱暴な雄の欲望は、卑猥《ひわい》な解放感を一博にもたらそうとしていた。

「……いい顔だ」

唾液を溢れさせ、汚れたみっともない口元に舌を這わせながら、ファハドは嘯《うそぶ》く。

「もっと……、そういう顔を見せてみろよ。俺に蹂躙されて、弄ばれて、おまえのすべてを曝《さら》け出せばいい」

「……っ、あ……。あ、あう……！」

「全部、受け止めてやるから」

ほくそ笑んだファハドが、強く性器で一博を穿つ。

その衝撃が、一博のすべてを壊した。

「……ひっ、……あ、あ……、あ……あぁ……！」

雄の欲望に押し出されるように、一博の下腹部でも熱が弾ける。既に何度も絞り取られていて、薄くなった精液が一博の体を濡らした。

「……もっとだ」

閉じられなくなった一博の口唇をねぶりながら、ファハドは囁く。

「もっと、俺を楽しませろ」

「……も、や……らぁ……っ……らめぇ……」

快楽のすべてを絞り取られて、一博は空っぽだった。まるで壊れたがらくた人形のように、突き上げてくるファハドの動きに揺すぶられ、がくがくと震えてしまう。

一博が射精をしていようと、ファハドはお構いなしだった。

「おまえが好くなるまで、可愛がってやる」

ファハドは低い声で笑う。

「……もっと俺が欲しいと、せがむようになるまで」

「……んなの、むり……ぃ……っ」

「無理じゃない。……理性なんて手放せばいいだけだ。快楽に耽ることにだけ集中すれば、たやすいことだろう」

「や……だ……っ、やあ……！」

一博の反発は、ファハドの言葉に対するものですら、なくなっていた。

「……てる、イってるから、やら……っ！」

彼の言葉の意味を理解できる知性は、快楽の前に消え去っていた。

あられもない声を上げ、雄に体内を蹂躙されている。射精をして、全身が過剰なまでに敏感になっている最中で、揺すぶられるたびに薄い精液が飛び散っているような状態だった。

過剰すぎる快楽が、辛い。

辛いと頭で理解することすらできないレベルで、条件反射のように「いや」を繰り返す。

「ああ、きつく俺を締め付けてくるな。癖になりそうだ。……おまえをイかせてやると、極上の快感という褒美がもらえるわけか」

一博の熱病に冒されたような譫言《うわごと》を、ファハドは一笑に付す。

「これは、ますます可愛がってやらなくてはいけなくなったな」

「はう……っ！」

射精中で締まっていた部分の、深いところに性器を食い込まされて、一博は悲鳴を上げた。

弓なりになった体を、ファハドの逞しい腕が抱きしめる。

「手放せなくなりそうだ」

「……っ、ぐ……！」

抱きしめられたまま、逃れられない。体の最奥《さいおう》までをファハドでいっぱいに、犯されてしまう。

「……っ、あ……あぁ……！」

すべて、ファハドに食らい尽くされてしまいそうだ。

そして、空っぽになった一博に、新たなる快楽が注ぎ込まれていく。

髪を振り乱し、泣き咽《むせ》ぶ一博に、ファハドは恭《うやうや》しく口づけてくる。

征服し切った証。

まるで食事を終えた肉食獣が、舌なめずりをしているかのようだった。


床の上で一度、そしてベッドで二度も一博を蹂躙し、ようやくファハドは身を起こした。

一博はベッドに横たわったまま、天井を睨みつけていた。

何度も何度も犯されて、理性まで粉々にされた。その理性を必死に掻き集めようとするたびに、さらに快楽に蕩けさせられる。

それの、繰り返しだ。

終わらない悪夢のような淫楽は、一博が屈服するまで続いていた気がする。

意識をいつ失ったのかも、わからない。

ただ、その瞬間に、一博は雌の甲高い鳴き声を上げ、我を忘れてファハドに縋っていた。

その感覚だけは、覚えている。

ぞっとした。

(……あんな、ことを……、この俺が？　あんなふうに、なるなんて……っ！)

理性的で、冷静であることが正しいのだと思っていた。

そうやって、生きてきたつもりだ。

感情を抑え込んで、決して人には見せず――。

だが、そんな「今までの一博」は、快楽によって粉々にされてしまったのだ。

屈辱感と引き換えに与えられた快楽は濃厚で、その余韻はまだ体にくすぶっている。

しかし、それを認めることすら厭わしい。

一博は、怒りに震えていた。

それでも、どうにか、粉々になった理性の破片を集める。

辛い行為だった。

理性をもってファハドに臨《のぞ》もうとすれば、どうしたって、自分がさらしてしまった恥辱を思い出さずにはいられない。

乱れた感情を押し隠させたのは、一博のプライドだった。ファハドなんかに傷つけられたのだと、認めたくなかった。

怒りは、無視の形を取る。

一博は無言だった。

目の前のファハドの存在を、空気のように無視する。

一方で、意地の張り合いということであれば、ファハドも負けてはいなかった。

一博の静かな反抗を、彼は取り合いもしない。

「一博」

名前を呼ぶ声は、強さと余裕に満ちている。

一博の顎に手をかけ、つまみ上げて、ファハドはそのまま口づけしようとする。

「……っ」

一博は、努めて冷めた眼差しをする。

そして、ファハドの存在をないものとするかのようにスルーして、彼の肩越しに天井を睨みつけていた。

体を弄びたいというのなら、すればいい。

キスでも、セックスでも持っていけ。

でも、ファハドなんかに、心を乱されてたまるものか。

（たとえ、この男の前で恥をさらしたあとだとしても……）

一博は、ぎりっと奥歯を噛みしめる。

(過去の過ちがあるからといって、投げやりになったりするものか。……堕ちたのだと、認めてやるものか!)

ファハドは、隠し事をしている人間が傍《そば》にいるのが、気に入らないのだと言っていた。そうして、一博を蹂躙したのだ。

そんな理由で、彼は一博にセックスを強いた。

馬鹿馬鹿しい、そんな感情的な、まるで癇癪《かんしゃく》持ちの子供のような言い分なんて、いちいち取り合っていられない。

まともに相手してやる、価値もない。

傷つけられたりするだけ、こちらが馬鹿を見る。

「……ふん、そう来たか。弱々しげに見えても、一博は気が強いな」

ファハドは、小さく笑う。

一博の抵抗がどういう形のものか理解した上で、彼は面白がっていた。

「おまえが氷の彫像のように振る舞うなら……、俺は溶かしてみせるだけだ」

そう言うと、ファハドは再び一博の口唇を塞ぐ。

そっと、触れるようなタッチで。

先ほどまでの、一博のすべてを奪い尽くすような荒々しさはなかった。

それでも、一博は緊張してしまう。

踏み荒らされた秘孔は、じくじくと熱を孕んで疼いている。そこに、きゅっと力がこもってしまった気がする。

（く……っ）

そこが痛むのは、ファハドの蹂躙の結果だ。

それなのに、そんなことはまるで嘘だと言わんばかりに、ファハドは優しくキスをしてきた。

「……っ」

思わず、一博は声を飲み込む。

ファハドのことなんて無視してやると、決めた。

だから、反応はしない。

できれば、颯爽《さっそう》とベッドを出たかったのだが、体はファハドに押さえつけられていて、それは叶わない。

「もう、おまえのいいところは、全部暴いてやった。だから、次はそこをひとつずつ、好くしていってやる」

「……っ」

「次は力尽くではなく、快楽でおまえを暴いてやる」

舌先で口唇をなぞられる。

緩慢《かんまん》な動きに、ぞくりとさせられた。

顎を指の先で持ち上げられたかと思うと、キスを仕掛けられる。最初は触れるだけだったが、やがて強引に、口づけは深められていく。

それでも、決して荒っぽくはない。

口唇は熱っぽく、一博を堪能しようとする。

全裸の体を撫で回す手つきも、一博のすべてを愛でようとしているかのようだった。

もどかしいほどの、優しい快楽。

それなのに、いまだ荒淫の余韻から解き放たれない体を目覚めさせるには、十分すぎた。

(くそ……っ)

自分が快楽に弱いなどと、一博は考えたこともなかった。

そんな一博に、知りたくもなかった一面を突きつけてきたファハドを、憎むしかない。

無視するなら、さっさとベッドを下りるべきだった。

動かない体に、鞭《むち》を打ってでも。

しかし、四肢はぬかるみにはまってしまったかのように、ちゃんと動いてはくれない。

無視してやると決めた以上、今更抵抗するのもみっともない気がするし、ファハドを喜ばせるだけではないのか。

そう思うと、一博は動くこともできない。

だが、これでは、まるで肉食獣の前に体を差し出し、生け贄《にえ》になろうとしているのも、同然の行為となってしまう。

「きめ細かな肌だ」

囁きながら、ファハドは一博の肌を堪能しはじめた。

「……っ」

口唇から、首筋へと伝う肉厚の口唇に、背筋が震える。

嫌悪よりも快感のほうが強い自分は、唾棄《だき》すべき存在としか思えなかった。

心は自己嫌悪でいっぱいだ。

でも、そうやって、ファハドに心をかき乱されていることを、表に出したくはない。表情は氷のように硬く保っていたかった。

それなのに、ファハドは欲望の熱で、一博をあくまで溶かしていく。

体中を撫でられ、舐め回されると、総毛立つようだった。

征服され切った体を確かめるように、愛撫される。

最悪だった。

撫でるような手のひらの動きにさえ、体の熱が上がっていくことがわかる。

両手を乳首に当てるように置かれて、くるくると手のひらを回されると、思わず鼻にかかるような甘い声を漏らしてしまった。

「……っ」

下半身の違和感に、一博はぞっとした。

性器が、また硬くなりつつある。

（く……っ）

ぎりぎりと、奥歯を噛みしめる。

もういい加減、体はくたくたになっているのに、快楽には貪婪《どんらん》に反応してしまう。

なんておぞましい、浅ましい体なのだろうか。

己が破廉恥すぎるゆえの恥辱が、一博の心を蹂躙する。

（くだらない意地を張るんじゃなくて、逃げ出すべきだったんじゃないか？）

そうすれば、さらなる恥辱を与えられずにすんだのに。

意地の張り合いをしようとした、一博が愚かだった。

ファハドを子供だ子供だと言いながら、一博もまた同レベルまで堕ちていたのだ。

踏んだり蹴ったりだ。

どうして、一博がこんな目に遭《あ》わなくてはいけないのだろう？

いったい、なにをしたというのだろうか。

(俺は、なにもしていない。……なにもしていないから、こんなことになったのかもな。体面ばかり考えているうちに、ごらんのありさまだ)

自己嫌悪のあまり、つい自分を責めずにはいられない。

だが、それは本末転倒だ。

どう考えても、ファハドが悪いのだから。

でも、自己嫌悪は、理性で止められるものでもない。

どうせ、汚れてしまった体だ。こんなものをガラクタみたいに弄ばれたところで、なんだというんだろう。

こうなってしまっては、一博は自分に言い聞かせるしかなかった。

もう守れるのは、この意地だけだ。

矜持《きょうじ》もなにもない。

一博を暴きたいなどという一方的な理由で、暴力を仕掛けてきた男を許すつもりはない。そういう毅然《きぜん》とした態度を取ることが、今の一博にできる精一杯だった。

しかし一方で、意地ごときでは、なにも現実を変えられないということはわかっている。じわじわと、一博の体は熱を帯びはじめていた。

必死に虚勢を張っている。

しかし、体の反応は、一博を惨《みじ》めにするだけだ。

性器はファハドに与えられる快楽の奴隷で、手のひらで先端をねっとりと撫でられただけで、先走りを溢れさせた。

何度も射精させられたあとで、透明のはずの粘液はきっと濁っているだろう。身動きもできないほど快楽を絞りとられた後なのに、まだ貪欲な反応を示すことに、一博は絶望していた。

「……う……っ」

ぬちゃりと、性器の先端から粘着質な音が聞こえてくる。膨らんだ亀頭を上から包み込むように手のひらで揉み込まれて、一博は思わず背を反らした。

重苦しい下腹部に、熱が集まり出す。強引に引きずり出される快楽とは違い、一博をじわじわと汚染していく。

「う……っ」

思わず眉を顰めると、ファハドが顔を寄せてきた。

「気持ちいいだろう?」

ぬちゃぬちゃと性器を揉み込む手つきは、優しい。

少しも、乱暴なところはなかった。

そして、声もどこか甘ったるい。

一博の頰に、ファハドの舌が伝う。一博は、思わず顔を背けてしまった。

反応しまいと思っていた。

人形のように体を投げ出すことで、彼を無視してやろうかと。

だが、快楽はそんな甘いものではなかった。

一博の消極的な逃げを、許してくれるものではなかったのだ。

「……っ」

ぞわりと怖気で体が震えるたびに、熱は高まっていく。

己の欲望を、引きずり出されてしまう。

一博は、何度も口唇を嚙む。それでも、吐息が甘くなることは避けられず、じわじわと快楽に犯されていく。

なすすべもなかった。

「……うっ、く……」

性器の先端だけ撫で回される行為は、くすぐったいような、もどかしい悦楽だ。

扱かれるときほど強烈な快感ではないのに、じわじわと熱が全身に広がっていく。

身じろぎするようにもがいて、浅い呼吸を繰り返しながら、一博は快楽をどうにか体から抜いていこうとする。

ファハドに与えられるものを、そのまま甘受《かんじゅ》したくなかった。

「……う、ん……っ」

でも、無抵抗主義はマイナスにしか働かない。そのことを、高ぶる体とともに、骨の髄にまで叩き込まれる気がした。

ファハドの口唇に、赤く充血した乳首が含まれる。ちゅくちゅくと、柔らかくそこを吸いながら、なおも彼は一博の性器の先端を撫で回した。

「……っ、あ、は……」

柔らかいが持続的な刺激に、一博の体は乱れはじめる。どうしてここまで……、と思うのだが、膝が開きっぱなしになって、そのままベッドの上に脚を投げ出したような状態になる。

下半身に力が入らない。

無防備すぎる。

まるで、ファハドに体を捧げてしまっているような体勢だった。

（どう、して……っ）

もどかしい熱に苦しめられながら、一博は虚《うつ》ろに天井を見上げた。

いっそのこと、射精して、熱を完全に抜き去ってしまえば、楽になれるだろうか。

ファハドは一博の性器を撫で回すだけで、射精を管理しているわけじゃない。だが、完全に勃起した性器はもう十分に熱を集めてしまっているのに、どうしたって射精することができないままだった。

いったい、どうしてしまったのだろう。

腰に熱が溜まり、重苦しい。

今にも射精できそうなのに、まるで見えない枷《かせ》でもはめられてしまったかのように、一博は射精できなかった。

「……あっ、う……あん……っ」

くちゅくちゅと、単調な動きで乳首を吸われているうちに、閉じられない口唇から、どんどん淫猥な声が漏れてきてしまう。

気持ちいいだなんて、認めたくない。だが、ファハドに強制的に与えられる快楽なんてやり過ごせると思ったのは、一博のとんでもない思い上がりだったようだ。

その思い上がりのつけを、一博は今、払おうとしている。

「……ふ、く……っ、あ……う……」

生ぬるい快楽は、遅効性の毒だった。一博を、じわじわと追い詰める。解放のない快楽が、こんなに辛いものだなんて知らなかった。

「……っ、は、ひ……っ」

背が反る。

腰が浮く。

いやいやと駄々っ子が首を横に振るみたいに、腰を動かさずにはいられなかった。

何度も体が跳ねた。

そして、一際強く、ぴんと全身が張り詰めるような感覚に、一博は背をしならせた。

「……ひゃ、あ……っ！」

頭の芯まで白くなったかと思うと、一瞬意識が途切れる。射精の瞬間の、あの弾けるような感覚に近かったが、実際には下半身の熱は重苦しく渦巻《うずま》き続けていた。

「……っ、はぁ……ひゃ、あ……っ」

何度も何度も、あの絶頂の恍惚《こうこつ》感一歩手前までに追い上げられる。

しかし、我に返れば、射精できないのが、苦しくてたまらない。

（狂……う…っ）

呼吸まで苦しくなっているのに、一方で強烈な快楽が一博を貫こうとしている。

これは、いったいなんだというのだろう。

終わりのない快感という責め苦に、一博はもがいた。

「いい顔だ。……すっかり、雌の歓びを学んだみたいじゃないか」

「……っ、ひゃう……！」

強く乳首を吸われ、噛まれて、思わず一博は悲鳴を上げていた。

「射精できないのに、さっきからイきっぱなしじゃないか」

先走りがひっきりなしに溢れているペニスの先端を撫でながら、ファハドは言う。

尿道がだらしなく開き切ったそこに軽く爪を引っかけられ、一博は身をのたうち回す。

(イってなんか……、ない……っ！)

声にはならないが、ファハドの言葉には反発していた。

苦しいほどの快感が下腹部に渦巻いているが、まだ一博は射精していない。

そんな思いゆえか、無意識のうちに一博は頭を横に振っていた。

「……なんだ、わからないのか？　自分が雌の絶頂を繰り返していることが」

ファハドは嗤う。

「射精もしないで、達してるんだよ。女と同じだ。穴をペニスで犯されて、繰り返し絶頂を感じているんだ」

「ひっ、あ……！」

「淫乱」

掠れた声で、ファハドは囁く。

それが、自分の戦果だとでも言うかのように。

一博は壊れたからくり人形みたいに、ひっきりなしに首を横に振る。

「いいぞ、その顔。ずっとおまえの澄まし面を、こうやって溶かしてやりたかった」

ファハドはほくそ笑む。

「もう、なにも隠せないって感じだな。すっかり、できあがっているじゃないか」

「……や、だ……。もう、やぁ……っ」

性器を押さえつけられているわけでもないのに、どうして射精できないのだろうか。身も世もなく、一博は身悶えする。

「……おわら、せて、おわらせてくれ……！」

「イきたいのか？」

「イきたい……」

理性は粉々に砕けちり、もう我慢できなかった。プライドもかなぐり捨てて、一博は嘆願してしまった。

「……では、俺を受け入れろ。俺のペニスを咥えて、喜ばせろよ」

ファハドは、傲慢に命じた。

「イける方法を、教えてやるから」

「……あ……」

ごくりと、一博は息を吞む。

理性なんて、もう煮崩れしてしまっていた。イけると言われただけで、体が歓喜で震える。

だらりと、性器の先端から先走りの涎《よだれ》が垂れてしまった。

「脚を開け。膝を抱え込んで、俺のペニスに懇願しろ」

「……っ……」

屈辱的な命令だ。それなのに、もう逆らえない。頭で考えたのではなく、条件反射みたいに体だけで反応していた。

「……う……っ」

命じられたとおり、一博は自ら脚を開く。

そして、膝を強く抱え込んだ。

射精したがっている性器も、ファハドに蹂躙され、彼の精液を垂れ流しながら開いてしまった孔も、見せつけるように。

「……て、イかせて……」

「……いいぞ。その気になれば、素直になれるじゃないか」

笑いながら、ファハドは一博にのしかかってくる。

「俺のペニスが欲しいか？」

「ほし、い……」

譫言みたいに、一博はファハドに答えた。

「……いいだろう」

「……ひあっ！」

覆い被さってきたファハドの性器は、既に猛り狂っていた。そして、無防備に丸出しになっていた一博の孔に、深々と挿入される。

たび重なる陵辱で緩み切っていた孔は、ファハドの太い性器も難なく呑み込んだ。

突然の挿入でも痛みはなく、もどかしいくらいの快感だけを伝えてくる。

「……っ、あ……う、あ、ああああ！」

もうこれ以上は大きくならないと思っていた、一博自身の性器がひときわ大きくなる。

深く突き上げられると、欲しかった強烈な快感を得られる気がして、一博は狂ったようにファハドのペニスを締めつけた。

雄にしゃぶりついて歓喜する孔は、もはやただの雌孔でしかなかった。

「……っ、く、あ……っ、い、イきた……、イきたい……っ」

恥も外聞もなく、一博はファハドにせがむ。

性器を弄られてもイけなかった。

それなのに、穴に性器を咥え込んだ途端、射精ができそうになっている。

一博はおかしくなってしまったに違いない。

ファハドの言うとおり、ただの雌になってしまったのだ。

「……イ、イかせて、はやく、はやく……う…っ！」

「はは、すっかり雌だな。ほら、俺のペニスが大好きって言ってみろよ」

「……ん、雌、ち……ち…ん、大好きな、雌だから、イかせて……！」

もはや自分がどれほど恥知らずなことを口走っているのか、一博には自覚がなかった。

破廉恥な言葉を、絶叫する。

「ようやく、素直になったじゃないか」

「……たい、いかせてぇ……、いかせて……っ」

「……ああ、そうだ。ひとつ、いいことを教えてやる」

ファハドはほくそ笑む。

「ペニスは、先端弄るだけじゃイけないようになってるんだ。……扱かれないとな。こうやって」

滾《たぎ》り切った性器を、ファハドが強く握る。そして、根元から先端に向けて、一気に強く扱いた。

「……っ、ひ、あ……！　ひあああああ！」

ファハドの手のひらにしっかり包み込まれ、扱かれた性器が、大きく弾ける。

悲鳴を上げながら、一博は射精していた。

5

悪夢のような夜のあとに、最低の現実が一博には訪れた。

土曜日の朝、一博が目を覚ましたのは、ファハドのベッドの上だった。

一晩中、ファハドに弄ばれ、そのまま正体をなくしていたようだ。二重にも三重にも屈辱的な記憶が残るベッドで、一博は目を覚ましたのだった。

「よく眠っていたな」

声をかけられても、一博は反応しなかった。恥じらいでも怒りのせいでもなかった。ただ、放心状態だったのだ。

強姦されたというだけなら、朝起きて、ファハドを一発殴って、すぐに部屋を出ていくことができたかもしれない。

その後は、何事もなかったのだと、素知らぬ顔で振る舞えただろう。

たとえ虚勢だとしても、気丈に振る舞うことができていれば、一博は粉砕《ふんさい》されたプライドの欠片を集めて、自分を取り戻せたかもしれない。

しかし実際には、最終的には一博が自ら、ファハドを受け入れたのだ。快楽に堕ちて、彼に従ってしまった。

一博自身が、ファハドに犯されて、射精することをねだった記憶。あれが、一博の体をより重くしていた。

たとえファハドに巧みに快楽を与えられたのだとしても、薬漬けにされたなどであれば自分自身に言い訳のしようがあったものの、その手技に溺《おぼ》れてしまったとなれば……。

自尊心はずたずただ。

卑劣にも快楽を強要されたからとはいえ、自分が望んでファハドを受け入れてしまったのだという現実が、一博を痛めつけないはずがなかった。

ただの雌になり、ファハドの性器に与えられる快楽に溺れた。

恥ずかしげもなく、ファハドに命じられるままに、破廉恥で猥雑な淫蕩《いんとう》の喜びをねだる言葉を口走った。

一博は、ひたすら打ちのめされていた。

暴力よりも快楽のほうが心を壊すことがあるのだと、初めて知った。

「どうだ、気分は」

一博は、ファハドの腕に抱き込まれていた。

征服され切った体を、囲い込まれる。

顔を覗《のぞ》き込まれて、一博は顔を背けた。

堕落したという事実は変えようもなく、些細な抵抗は己の無様さを強調し、自己嫌悪に陥《おちい》るしかなかった。

「……随分《ずいぶん》、可愛い反応をする」

ファハドはにやりと嗤う。

「今更、俺の顔が見られないというのか」

視線に追いかけられて、一博はもがく。

茫然自失《ぼうぜんじしつ》だった状態で挑発されて、ようやく自分が取り戻せた気がする。

「はな、せ……っ」

「俺に命じるなんて、おまえくらいだ」

ファハドは楽しげに、一博の顎を捕らえる。

一博の体に、大きく震えが走った。

指先の力強さが、夜の悪夢を思い出させる。

ぞっとした。

彼の手が、一博の体をどんなふうに堕としたのか、触れられただけで淫蕩の記憶が蘇《よみがえ》る。

あられもなく上げた声、高まってしまった体の熱、そして恥知らずに男の欲望を乞うた、己の痴態《ちたい》……。

体がかっと熱くなる。

屈辱を忘れたかのように、純粋に快楽だけを一博の体はなぞろうとしていた。

最悪だ。

怖気が震った。

自分がこんなに恥知らずな人間だとは、考えたくもなかった。

（……俺は、快楽に溺れてしまったんだ。理性を手放して、本能だけの獣のように）

本能を制することができないなんて、ただの淫獣だ。

一博は自分が怖くなる。

自分は冷静で、理性的な人間だと信じていたのに。なぜ、ファハドの与える快楽に負けてしまったのだろうか。

「口づけを」

「お断りだ……！」

小さな声で、だがはっきりと、一博はファハドを拒む。

彼の思うようにはなりたくない。

ただ、その一心だった。

「今更、俺を拒むことに意味はあるのか？　……すべて受け入れたくせに」

「……っ」

冷やかすようなファハドの言葉に、一博は思わず顔色を変えてしまった。

彼の言葉は、残酷すぎる現実をつきつけてくる。

強張った口唇に、ファハドは柔らかなキスを押しつけてきた。

「仲良くやっていこうじゃないか。……これからは、俺と二人っきりで。鷹守は新入りに夢中だし、寂しさを慰めてやる」

その言葉が含んでいる意味を、理解できないはずがない。

（一晩では終わらせる気がない、ということか）

鷹守に他に親しい人間ができたからといって、一博は人肌を求めるほど寂しがっていない。ファハドだって同様だろう。

引き合いに出された鷹守も気の毒にと、どこか遠くで考える。

心を体から引き離したほうが楽になれると、無意識のうちに思っていたのかもしれない。

打ちのめされた一博から、ファハドは強引にキスを奪う。

「う……っ」

肉厚の口唇は、熱い。

そして、獰猛に蠢き、一博を貪っていく。

「……なんで、こんな……っ」

獣に捕食されていく。

呻き声を上げた一博に、ファハドはほくそ笑んでみせた。

「言っただろう？　おまえが、俺を嫌いだからだ」

「……っ」

「そして、そのことを隠そうとしていたからさ」

理不尽だ。

そうとしか思えない。

(他人に対して苦手意識を持つことが、いいことだとは思っていない。だが、それでも……っ)

シェアメイトとして、ファハドを苦手だと思っていたのは本当だ。

しかし、得手不得手《えてふえて》は誰にだってあるはずだ。それを暴かれたあげくに、行き着いた果てがこんな関係とは。

絶望しか、なかった。

ファハドは力尽くで、再び一博をねじ伏せる。

そして、大人しくなった獲物に喉を鳴らしながら、ゆっくりと捕食していった。

もともと、ファハドと一博は夜遊びをしていた仲だ。鷹守が星川と行動を共にするようになった以上、一博がファハドと二人で過ごすことが多くなっても、誰にも不思議がられはしない。

一博としても、ファハドとの関係が変わったことを他人に知られるくらいなら、死んだほうがマシだった。

だが、誰にも知られないということは、助けもありえないということになる。

一博は、ファハドの気まぐれによって、彼に蹂躙される日々を過ごすようになった。

逆らえない。

結局のところ、自ら受け入れてしまったという自虐的《じぎゃくてき》な絶望感が、一博を縛ってしまったのかもしれない。

無視して、なにもなかったような顔をして過ごせばいいのだと思っていたはずなのに、ファハドに肩を抱かれたり、腰に腕を回されたりするだけで、動悸が激しくなり、理性が保てなくなる。

恐怖か、快楽への期待かわからないが、まるで思考が停止したみたいに、彼の巣穴へと引きずり込まれてしまうのだ。

そして、快楽に堕とされる。

時には荒々しく、一博からすべてを奪っていくようなセックス。また、あるときには一博を煽るだけ煽り、一博自らに快楽を懇願させる、底なし沼のようなセックス――。

どちらにしても、一博の体はファハドに与えられる快楽に、すっかり馴染んでしまっていた。

心は置き去りにされているのに、自分の体がこれほど躾けが悪いとは、思ってもみなかった。

自分自身に、絶望するしかない。

だが、一博は、すべてを心に秘めることを選んだ。

……それに、こんなことには慣れている。なにもかもが、自分の思いのままにならず、心を殺すことになんて。

(……家を出て、忘れていたな)

誰かになにかを強いられることには、慣れている。一博の人生は、そういうものだった。

このシェアハウスでの生活が、ファハドとこういう関係になる前は、一博の人生においては例外的に自由で、楽しいものだった。

贅沢《ぜいたく》を覚えると、人は自分の分《ぶ》を忘れてしまうのだろうか。そう、一博は自嘲《じちょう》するしかなかった。

従順になったわけじゃない。

だが、無駄な抵抗もやめてしまった。

ファハドに体を投げ出すようになった頃には、逆に彼が一博に飽きたのか声がかかることもまれになってきた。

このままいけば、関係は立ち消える。それだけを希望にして、ファハドとの夜の秘密を隠すことにも慣れてきた矢先、一博のもとに一本の電話が舞い込んだ。


「……子供……ですか」

職場から帰る直前、浮かれた声でかかってきた電話に、そう鸚鵡返《おうむがえ》しにした一博の声は、震えていたかもしれない。

電話の相手は父だ。いや、正確には養父だった。

一博はもともと児童養護施設育ちで、大病院を経営する医師の家庭に引き取られて育った。養父母には子供がいなくて、一博は跡継ぎになることを期待されていた。

ただしそれも、養母が亡くなり、一博と十歳も離れていない新しい養母が迎えられるまでの話

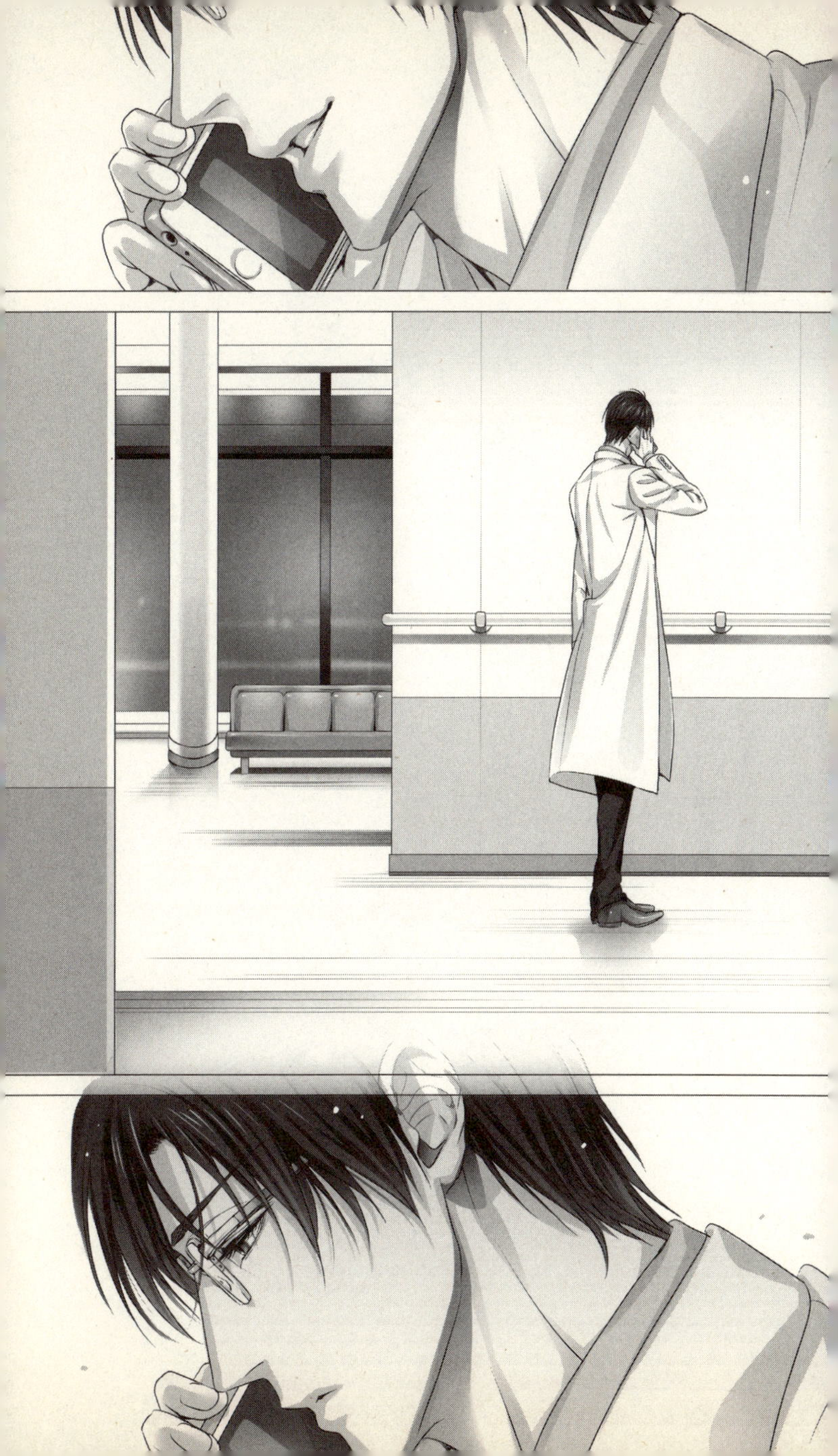

だ。

一博は医大を卒業すると、養父の再婚を機に家を出た。新婚夫婦の邪魔にはなりたくなかったし、遠慮もあった。

そして、このシェアハウスに転がり込んだのだ。

幼い頃からずっと、一博にとっての自宅は落ち着ける場所ではなかった。養父母は悪い人たちではなかったが、一博をあくまで家を維持するための子として見ていて、一博は養子にしてもらった以上、彼らの期待に応えるためにも、完璧な優等生として振る舞ってきた。

甘えたいだとか、寂しいだとか、不安だとか、そういう個人的な感情を、ひとつも表に出さないままに。

そして、常に養父の期待に応えることだけを考えて生きてきた。

しかし、今、たった一本の電話が、一博の土台を足下から揺るがしていた。

「……おめでとうございます」

努めて平静に、笑みさえ言葉に含みながら、なんとか一博は養父に伝えた。

子供を諦めていた新しい養母が、奇跡的に身籠《みごも》ったという知らせだった。

そして、それに伴って、財産を生前分与するので、後継者の件は白紙に戻してほしい、と……。

頭では、仕方がないことだとわかっている。養子よりも、実子が可愛いのだろう。しかも、今の一博は、彼らと生活をともにしていないので、情が薄くなっても仕方がない。

だが、これまでの人生で積み重ねてきたものの意味を、一博はその瞬間に見失ってしまった。


部屋に戻りたくなかったのは、なぜかわからない。

こういうときこそ、人の気配があっても、誰も自分に関わってこない場所にいたかっただけだろうか。

夜の銀座《ぎんざ》を目的もなくうろついて、食事がわりに久々の酒に口をつけてから、一博はシェアハウスに戻った。

ファハドに陵辱されて以来、酒には懲《こ》りていた。けれども、どうしても今日は飲まずにいられなかった。

もう子供じゃない。養父母の気持ちを汲《く》んで、新しく生まれてくる義理の弟を受け入れるべきだ。それはわかっていても、慇懃無礼《いんぎんぶれい》に切り捨てられた衝撃は、予想以上に大きかったようだ。

拠り所のない不安で、胸がいっぱいになっていた。

衝撃を酒で慰めるなど、愚か者のやることだろう。わかっていてもつい、手軽な慰めに一博は頼ってしまっていた。

自己嫌悪で、ちっとも酔えなかったのだが。

シェアハウスに戻ったのは、夜半過ぎだ。今日はウィークデイで、もう皆寝静まっている。

酔ってはいても、足音を立てないように気を遣いながら、一博は自分の部屋に戻ろうとした。

周囲を気にするというのは、一博にとっては身についた習性でもあった。

「……おい、どうした」

部屋のドアノブに触れたそのタイミングで、聞きたくもない声が聞こえてきた。

一博ははっとする。

「ファハド……」

無視して、部屋に駆け込めばよかったのかもしれない。

それなのに、つい条件反射で、彼の名を呼んでしまった。

アルコールは、やはり害悪だ。

多分、頭がぼんやりしてしまっているのだろう。

感覚が摩耗《まもう》し、理性も鈍っていた。

でも、重苦しい気持ちだけは、どうしたって和《やわ》らがない。それが、一番一博の求めていたことだというのに。

「……ひどい顔だな」

腕を取られた一博は、さっと顔を背けた。

「なんでもない。手を離してくれないか」

よりにもよって、こんな気分のときに、ファハドと顔を合わせるとは。

一博は、自分の運の悪さを呪うしかなかった。

「強がるな」

ファハドの語気が、強くなる。

(空気くらい、読めばいいのに)

一博が、人に話しかけられたがっていないことくらい、わかるだろうに。どうしてファハドはこういうときに限って、放っておいてくれないのだろう。

「強がってるわけじゃない。一人にしてくれ」

皮肉っぽく、一博は付け加える。

「それとも、久々にヤりたいのか？　あれっきりだったたから、飽きたのだと思っていたが」

投げやりな気持ちだった。

アルコールの酩酊《めいてい》にも、救われない。

いっそのこと、暴力的なセックスの相手でもさせられたら、気がまぎれるだろうか。

一博は自暴自棄《じぼうじき》になりながら、ネクタイをするりと抜き取る。

ちらりとファハドを一瞥し、誘うように笑ってやった。

「……」

深々と、ファハドは息をつく。

「タチの悪い酔っ払いめ」

「ああ、そうだ。タチの悪い酔っ払いだから、相手にしなくていい。明日も早いんだ。寝かせてくれないか」

「……一晩中、眠れそうもないような顔をして、よく言う」

苦々しげに言うと、ファハドは一博の手を摑んだまま、自分の部屋へと連れ込もうとする。

どうとでもなれ、と思っていた。一瞬だけ、強烈な快楽をなぞるかのように体が震えたが、一博はそのままファハドへと身を任せた。


「ほら、これを飲め」

ベッドに引きずり込まれるかと思ったら、手渡されたのはミネラルウォーターのボトルだった。

それを受け取ったものの、一博は不意をつかれたような気持ちになる。

「……柄《がら》にもない、親切心を発揮しなくていい」

むしろ、こんなときばかり、気遣うような素振りを見せてほしくなかった。つい、弱いところを見せてしまいそうになる。

受け取ったものの、ペットボトルのキャップも開けないままでいたら、溜息をひとつついたファハドに、ペットボトルを取り上げられた。

ファハドは自分がミネラルウォーターを口に含んだかと思うと、いきなり一博の顎を掴み上げ、口唇を塞いできた。

「……んっ、う……」

抵抗する間もなく、口移しでミネラルウォーターを流し込まれてしまう。

思わず、一博は大きく目を見開いた。

「悪い飲み方をしてきたな。味が混ざり合って、なにがなにやら」

濡れた一博の口唇を舐めてから、あっさりファハドは口唇を離す。

「俺にキスをしてほしいというのなら別だが、そうじゃないのなら水を飲め」

「……どうして」

一博は、思わず問うてしまっていた。

どうして、こんなときに限って、一博を気遣うようなことをするのか、と。

「……昔、今のおまえみたいな顔をしていたヤツを、知っていた」

ファハドは溜息をつくと、一博の頭に大きな手のひらを置いた。

「ろくでもないことを考えてる顔だ。……いや、考えることもできなくなって、ただ切羽詰《せっぱつ》まっているだけだったのかもな」

ファハドは、そっと付け加える。

「本当に、ろくでもない」

その声には、悲しみでも怒りでもなく、ただ痛みがあった。

生々しい、感情を伝えてくる。

「……」

一博は、はっとした。

傍若無人で、他人のことなど気にしない男だと思っていたのに、そればかりではないようだ。

「水は、感謝する」

一博は、小声で呟く。

「そうか」

ファハドは、軽く頷《うなず》いた。

先ほど、まるで古傷が裂けるかのように、一瞬だけ顔を覗かせた感情は、飲み込んでしまったかのようだった。

それを、なぜか味気なく感じつつも、一博は立ち上がる。

足下がふらつかないよう、しっかり踏みしめる。

「じゃあ、俺は部屋に戻る」

「……上手く吐けないなら、吐かせてやろうか」

ファハドは、挑発的な言葉を投げかけてくる。

「……っ」

ファハドの言葉の意味が、なにも酔い醒《ざ》ましのための言葉ではないことは、一博にも理解できた。

胸のわだかまりを吐いていけと、誘われているのだ。

「……そんなふうに、俺に構わなくてもいいだろう。あいにく、俺は今、おまえの相手をする余裕がない」

ファハドは、小さく肩を竦めた。

「さっきは俺とヤる気だったくせに」

「……っ」

腕組みをして、ファハドは息をつく。

「わかったようなことを、と言いたげだな」

「そうだな」

「まあ、その程度の関係でも、声をかけたくなるような顔をしてるんだ、今のおまえは」

気遣われたのだ。

そう自覚した途端、一博は狼狽えていた。

ファハドが自分に対して、そんな感情を見せるとは、考えもしなかったのだ。

強引に一博をねじ伏せ、快楽を引き出し、恥知らずな姿を引き出した男が、どうしてそんな今更、思いやり深いふりをするのだろうか。

「らしくもないことを……」

「……確かに、らしくないかもな。これは、俺の感傷だ」

静かな声で、ファハドは言う。

「ファハド……?」

一博は、思わずファハドを見つめてしまった。

このシェアハウスで彼と出会ってからというもの、こんな表情をしたファハドを見るのは初めてだ。

苦しげで、物憂《ものう》げで、深い悔いに満ちている。

一博が、自分自身の憂《うれ》いを忘れてしまうほど。

「……どうした？」

「いや、おまえこそどうかしたのか」

一博は、思わず問いかける。

「今のおまえに、俺が心配されるとはな」

ファハドは、呆れたように笑う。

「立場が逆だろう」

「……俺のほうは、本当にたいしたことはない。それよりも、おまえがそんなにしおらしいことのほうが不気味なんだが」

一博は、ファハドをねめつける。

好奇心が疼いているわけじゃない。

ただ、今のファハドにはなにか言葉をかけたかった。

彼の表情は、そういう種類のものだったのだ。

「言っただろう、感傷だ。今のおまえは、人をそういう気持ちにさせる顔をしている。行き場のない、人生にどん詰まりで、声をかけないほうが後悔することになりそうな顔だぞ」

「……」

深々と、一博は溜息をついた。

ファハドに、そこまで言われるほど、ひどい顔だとは。その事実が、逆に衝撃的だった。

「本当に、たいしたことじゃないんだ……」

一博は小さく頭を横に振る。

「ただ……、俺に弟が生まれることになって」

思わず打ち明け話になったのは、押し問答になるだろうと考えたからだった。

それに、言葉にしてみたら、たいしたことがないような気持ちになれるのではないかと、縋るように思った。

「日本は、一夫多妻制じゃないだろう。随分、年が離れた弟だな」

「養父は後妻を迎えている。俺と、十歳も年が違わない女性なんだ」

「養父？」

「……ああ」

余計なことを言ってしまったと思いつつ、一博は素直に頷く。

ここで変に隠し事をしたら、ますますファハドが気を遣ってきそうだ。その、気を遣われるということ自体に、痛めつけられそうだった。

「俺は、子供のいない養父母に養子として迎えられた跡取りだからな。だが、養母が亡くなって、養父が後妻を迎え入れた。その人が、俺と十歳も年が離れていない養母だ。……彼女が、長年の不妊治療の結果、妊娠に成功したらしい」

「つまり、おまえは厄介払いされることになったのか」

「……」

単刀直入なファハドの言葉に、一博は思わず無言になった。

決して、傷ついたわけじゃない。

ただ、自分にとってはあまりにも手痛い現実を、噛みしめる。

(そうだ、俺はもう不要な存在だ)

もはや一博は、年端のいかない子供ではない。

今、養父母を失ったとしても、生活に困ることもなかった。

それでも、心のどこかで、拠り所を失うようにも感じている。

(俺は、情けないな)

別に養子縁組を解消されるわけでもない。

養父母との縁が、切れるわけでもなかった。

ただ、これまでの人生で期待されていた役割を、一博は失うだけ……。

ファハドは、小さく首を傾げる。

「日本人の、『養子を取って跡取りにする』という概念は、俺たちには理解できないものの一つだ。だが、一度契約で跡取りにしたものを、翻《ひるがえ》すというのは不誠実ではないのか」

「実子の可愛さは、格別だろう。待ち望んだ子なんだ」

深く、一博は息をつく。

「動揺したという事実に自己嫌悪している程度には、俺は自分自身に呆れている」

「一博」

「……っ」

背中を大きく叩かれて、思わず一博は咽せた。

「なにをするんだ、ファハド！」

「どうせ、おまえは俺に強姦されたあと、快楽の虜《とりこ》になるっていう、これ以上ないみっともない姿をさらしたんだ」

「……おまえがそれを言うか」

「だから、つまり、俺の前では格好つける意味がない」

「……っ」

一博は、目を大きく見開く。

あまりにも、予想外の一言だった。

ファハドに、そんなことを言われるとは考えてもみなかった。

まさか、彼に慰められるだなんて、誰が想像するだろう。

「意地を張るな。おまえは、不当な扱いを受けているのだから、怒りを持ったことも、義弟の誕生を歓迎する心に曇りがあったことも、恥じなくていい。……俺の前では」

「……そういうことを、言うな」

一博は、思わず顔を覆う。

「……く……っ」

ファハドの言葉は、一博を甘やかす。ずっと、一切の綻《ほころ》びのない人間であろうとしてきたのに、ファハドのせいでめちゃくちゃになっている。

必死で繕ってきた優等生の見かけが、ファハドのせいで壊されてしまいそうだった。

「……おまえ、案外人がいいんだな」

ファハドの声は呆れたようでいて、どことなく甘い。

「俺がおまえなら、怒りくるっている。体《てい》よく、厄介払いされたんだ。怒るのは、正当な権利じゃないか」

「……そんな、単純なことでも……」

「単純でいいだろ。ぐちゃぐちゃ考えなくてもいい」

明快に言い放ったファハドの言葉に、つい一博は笑ってしまった。

彼の言うとおり、一博は心の中でだけ思い詰めてしまっていたのかもしれない。こんなふうに言い飛ばされると、なにを悩んでいたんだろうという気持ちになってくる。

「……俺だって、そうだった」

だめ押しのような言葉に、はっとした。

「おまえは、正当な血を引く王子だろう？　俺とは違う」

「だが、厄介払いされたのは同じだ」

ファハドは、ふと真顔になる。

「……そうじゃなかったら、留学先に日本は選ばないだろう」

「……」

一博は、目を眇《すが》める。

ファハドの言うことは、もっともだ。彼の国の旧宗主国はヨーロッパにあり、今も王室同士のつながりは深い。

言われてみれば、ファハドが留学先に日本を選んだのは、かなり不自然だ。

「……そうだったのか」

一博は、ふと息をついた。

「おまえも、いろいろあるんだな」

「……」

ほんの少しだけ、ファハドに親近感が湧く。

傲岸不遜で、ろくでもない男だ。一博を犯して、好き放題してきた。

だが、彼の無軌道な行動は、やり場のない怒りを紛らわすためというのもあるのかもしれない。

もちろん、褒められたことじゃない。

愚かだと思う。

だが、以前よりもずっと、一博はファハドを身近に感じはじめていた。

そして、その日からなにかが変わったのだ。

6

「そういえば、最近はよくファハドと一緒にいるみたいだな」

そう、鷹守に声をかけられたのは、養父母に子供ができたという話を聞いて、しばらく経ってからのことだ。

つまり、ファハドに慰められた夜から——。

最近は、前に比べると表情が柔らかくなった鷹守は、ついでに頭の中身まで軟化したのだろうか。以前の彼は、こんな話題を振ってきたりはしなかった。

共用のリビングには、穏やかな時間が流れていた。このシェアハウスのヌシの犬が、悠々と足下に寝そべっていて、人間の言葉に反応したかのように、耳をぴくんとさせていた。

「……そうか?」

努めて平静を装って、一博は問う。なにもやましいことはないはずだと、心の中で自分自身に言い聞かせていた。

「ああ、前は一緒に飲みに行くときくらいしか、つるんでいなかったのに。最近は、気がつけば一緒にいるじゃないか」

不思議そうな口調で言う鷹守には、他意はないようだ。

単純に、一博の顔を見かけて、「そういえば……」と思い出したことを言葉にしただけの雰囲気だった。

それなのに、一博は緊張していた。

意識して、普通の口調を作ろうとしてしまうほどに。

「……彼は医大生で、俺は医者だ。二人で話をしてみたら、案外合った。それだけの話だ」

「へえ」

鷹守は目を見開く。

「意外だな。だが、まあいい傾向だ」

鷹守は、小さく笑った。

（いい傾向、か）

その言葉も、果たして以前の鷹守だったら、口にしたのだろうか。

あの新入りの星川と親しくしているうちに、鷹守はどことなく、情というものが深くなった気がする。影響を受けるほど、親しいつきあいということか。

（まあ、悪いことではないのだろうな）

気にならないと言うと嘘になるし、話題を変えたい気持ちもあった。だが、他人の人間関係を深追いする気にもなれず、一博は適当に相槌を打つ。

露骨に話題を変えるつもりはないにせよ、このままファハドの話を続けられたくはない。だから、さらりと受け流そうとする。

ファハドとの関係について、誰かとあれこれ話をするつもりはない。

実のところ、一博本人も、今のファハドとの関係をどう捉えたらいいのか、少し戸惑っているところがあった。

(俺とあいつは、いったいこれからどうなるっていうんだろう。……どうにかなりたい方向性なんて、ないはずなんだが)

一博は、ひっそりと息をつく。

(……だが、今のままだと落ち着かない。どういうわけか、宙ぶらりんにされているような気持ちにすらなる)

ファハドと一博は、今はセックスをしていない。

したいと思っているわけではないが、そこからスタートされたも同然な関係だ。そのせいか、セックスがないことに、戸惑っている。

一博自身にとっても、不本意な感覚なのだが。

セックスするわけじゃない。

それなのに、一緒に過ごす時間は前よりも増えていた。

一博はファハドが苦手で、それをファハドも知っていて、二人はそのせいでこじれたとも言えるというのに……。

ファハドに縋りたいほど弱気だとは思いたくない。

寂しさのせいだとも、考えたくもなかった。

だが、気がつけば、ファハドが一博との時間を作ろうとしていて、一博もまたそれを受け入れてしまっていたのだ。

どうしてこんなことになっているのか、不思議になる。

ファハドと一博は、そういう関係じゃないはずなのに、と。

なにも飲みに行かなくても、リビングで他愛のない話をすることもあれば、彼の豪奢《ごうしゃ》な部屋に招かれ、一緒に映画を鑑賞したり、話をしたりして、そのまま眠ることもある。

セックスまでしてから、こんなことを言うのもおかしいが、一博はファハドと、ようやくまともな『友人』になれたような気もした。

いや、友人というよりも、もっと近い関係だろうか。

時折、肩や手に触れられることがある。その瞬間のぬくもりに、なんとも言えない気持ちになることを、一博自身が誰よりも狼狽えている。

今、セックスを求められたら、拒まずに受け入れてしまうかもしれない。

体温に流されるかもしれないと、ほんの少しでも考えてしまったことに、一博自身が狼狽《ろうばい》していた。


寂しいときに、親近感を持つ相手ができた。そのせいで、より親しみを感じるようになっただけだろうか。

そんなことを考えながら、一博はコーヒーを啜る。

鷹守が、余計なことを言ってきたせいかもしれない。ファハドのことを突き詰めて考えるなんて、時間の無駄な気もしているのだが。

流されるように始まった関係だ。

ファハドに振り回されているとも、言えるかもしれない。

——考えないようにしているのは逃げだと言われてしまうと、苦々しいながらも黙るしかないだろうか。

「……」

一博は頭を小さく横に振ると、無言でコーヒーに口をつける。苦みのある香ばしい味が、口内いっぱいに広がった。

新しいシェアメイトである星川は、他のメンバーの身の回りの細々した雑用をなにかと引き受けてくれていて、このコーヒーも彼が淹《い》れた。

なかなか美味しい。

少し余裕のある週末、一博はファハドの部屋で一緒に映画を鑑賞していた。

最近は、お互いに夜遊びに出かけると言い出すことは完全になくなった。

酒がなくても、沈黙が苦じゃない関係になっていることに気づいて、一博は面はゆいような心地になった。

これでは、自分たちが気の置けない友人になってしまったかのようだ。

先日の鷹守が、興味を持って話しかけてきたのも、当然なのだろうか。

(俺だって、自分が理解できない。まさか、ファハドと一緒にいても居心地の悪さを感じない日が来てしまうなんて)

一博は、ちらりと横目でファハドを見遣る。

まさか、他人とこんな関係になる日が来るなんて、考えてもみなかった。

しかも、相手は自分を強姦した男だ。

恥知らずな姿を、なにもかも暴き出された相手だから、一博も気負うことはない。楽な距離感を得たのは、そのせいなんだろうか。

人と深くつきあうのは、苦手だった。体面を保つことばかり、考えてしまうから。優等生の仮面を、どうしたって外せない。

それでも、人の気配があるところのほうが安心する。

おそらく、一博は孤高な性格というわけではなく、ただの逃げで人を遠ざけていたからだ。シェアハウスで暮らしているのも、夜の街を歩くのが好きなのも、深入りしなくても身近に人がいる環境に焦《こ》がれたせいだ。

でも今はもう、夜の街の人の気配に甘える必要はなくなった。

結局のところ、一博は自分でも救いがたいほどに寂しがりだったということなのだろう。

自分の境遇には、納得していた。

むしろ、親の顔も知らない自分が養子になり、医師にまでしてもらえたことは、僥倖《ぎょうこう》だとも思っていた。

そう思うべきだとも、考えていたのだ。

だから、養親の期待に応えることだけを考えて生きてきた。

誰から見ても非の打ち所のない男になろうと努力してきて、実際に評価を得られていると思っている。

しかし、体裁を整えようとすればするほど、自分の気持ちを抑え込むことになり、心ががらんどうになっていたのかもしれない。

その空虚さは、寂しさの原因になっていたのだろうか。

(だが、今となっては、ファハドの前で包み隠すものはなにもない。だから、俺はこいつの前で、楽になれるようになってしまったんだろうか)

今も、彼にされたことは許していない。

だが、それとは別の部分で、ファハドという男に気を許しかけている。

彼の子供っぽい傍若無人さに振り回されることに苛立っていたのに、結局のところそれに救われてしまったようなものだ。

皮肉としか、言いようがない。

正直に言ってしまうと、ファハドの気持ちが一博にはよくわからない。

一緒にいて、楽しいのだろうか?

ファハドは、どういう気持ちでいるのだろうか。

ファハドの横顔は、穏やかだ。

借りてきた映画はハズレだったと言いながらも、彼はリラックスした表情でテレビの画面を眺めている。

「……この字幕、ひどいな」

日本語も英語も不自由なく使いこなすファハドは、映画の字幕に文句をつけている。それほど、中身がどうでもいいのだろう。

一博も、ちっとも集中できないテレビ画面に視線を移す。

つい、苦笑いがこぼれてしまった。

「たしかに、ひどい。……中身は、ひどいというほどでもないか」

「ひどいという感想を抱くほどの、中身もないだろ、これは」

誰かと一緒に映画を観て、感想を言い合う。

考えてみれば、一博は今まで、こうして誰かと娯楽の時間を共有するということもなかった。

新鮮な経験だ。

体裁を取り繕いたいので、人と一緒だと気疲れしやすい。だから、夜の街の、上っ面《つら》の交流だけしているのが楽だった。

こんな一博が、親しい友人づきあいをできるはずもない。

皮肉なことに、最低な男だと思っていたはずのファハドが、唯一の例外になってしまっている。

ちらりと、傍らの男を見遣る。

彼の存在を意識して考えたことで、居たたまれないような心地になった。

「……カップを、戻してこよう」

「そこに置いておけばいいだろう」

傍を離れる口実にしようとしたのに、あっさりファハドに封じられる。

壁際にあるマホガニー製の背の低い飾り棚を指差されて、一博は少し黙り込んでしまった。

仕方がないので、カップとソーサーを棚に戻したとき、ふと一博は気がついた。

写真が、棚の上にばらけている。

なぜだろうと思ったら、壁に飾られていた風景写真が棚の上に落ちて、額装が外れたらしい。

どうやら、映画の音で気づかなかったみたいだ。

カップを置いた一博は、何気なく散らばった写真を集める。

写真は、額の中に何枚か重ねられていたらしい。拾い集めていて、一博ははっとした。

写真の中の一枚に、ファハドが綺麗な顔立ちの少年と二人で写っているものがあった。

今よりも幼さの目立つファハドが、頬を寄せ合うように、話しかけている少年。黒い髪、黒い瞳の彼は、おそらくファハドと近い民族の人なのだろう。

ただ、人種を越えて、その面差しはほんの少しだけ、一博に似ていた。

少し張り詰めたような、自分の中に渦巻くなにかを包み隠すような優等生の笑顔が。

「……っ」

一博は、大きく目を瞠《みは》る。

どういうわけか、動揺してしまった。

(俺に、似てる……少年?)

ファハドのこんな柔らかな笑顔を、一博は見たことがない。

服装や背景の町並みからすると、留学していたというイギリス時代の写真になるだろうか。

(いったい、ファハドとどういう関係なんだ……)

なにか重苦しいものを飲み込んだかのように、胸がずんと重くなった。

「……どうした、一博?」

「いや、なんでもない」

一博はカップを置くと、何気ないふりをしてソファに戻る。

「なんでもないっていう顔じゃないな」

「そうか?」

写真のことに触れたくはなかった。

だが、言わないと不自然だろう。

一博は表情を改め、ファハドに告げる。

「ファハド、写真が散らばっていた」

「ああ、そうか。あとで直しておこう」

ファハドは、特に気にする様子もない。

あの写真は、特別なものというわけではないのか。

それとも……。

馬鹿みたいだ。

気がつけば、一博は写真のことで頭がいっぱいになっていた。

(咄嗟《とっさ》に、他の写真の下に隠してから戻ってきてしまったが、不自然な状態にはなっていなかったよな)

あの写真に関心を持ったことを、どうしても隠したい。

自分でも理由がわからないが、一博は気にしていた。

「……一博」

不意に、思いがけない近くから、ファハドの声が聞こえてきた。

ぎくりと、体が強張る。

「上の空じゃないか?」

「そうか？」

努めて冷静を保ちつつ、一博はファハドに返事をする。

気を抜いたら、足下から崩れていってしまいそうな、嫌な予感に囚われつつ。

「……思い出したことがあっただけだ」

「思い出したこと？」

「さっき散らばっていた写真は、ロンドンのものじゃないか？　養父母のお供で、旅行したことがあって……」

なんの写真を気にしていたかは、絶対に言えない。

でも、すべてを隠し通すことは無理だ。

一博は、ずるい嘘をつく。

「ああ、そうか。イギリス時代の写真を、重ねていた写真立てだったかもしれない」

「……あっちの生活は楽しかったか？」

「過ぎたことだ。忘れた」

ファハドは、小さく肩を竦める。

それが本音か虚勢か、一博には見抜くことができそうにない。

「そうか……。俺も、旅行が楽しかったかどうか、覚えていないな」

「……いつか、俺と一緒に行くか？」

思いがけない言葉に、一博ははっとした。

顔を上げると、ファハドは特に気負いない調子で続ける。

「ロンドンでの、いい思い出を作りに」

一度言葉を切って、まるで独り言みたいにファハドは続ける。

「……記憶を塗り替えるために」

一博は、はっとした。

どういうわけか、自分に似たあの青年の写真が、頭から離れなくなってしまう。

「……おまえと一緒に旅行して、いい思い出作りは無理だろう」

「そうでもないさ。お姫様みたいに、ゴージャスな旅行をさせてやろう」

「産油国の王族の本気に興味はあるが、無駄金を俺に使う必要もないだろうに」

呆れ口調混じりに、揶揄する。

しかし、心臓は早鐘のようだ。

旅行に誘われたことが、嬉しいからじゃない。

（記憶を塗り替える……。俺で上書きをするっていうことか？）

写真の中の青年の顔を、一博は思い出す。

（所詮、俺はいつでも、誰かの身代わりなのか……）

どこか突き放すような気持ちで、一博は考えていた。

ダメージを少しでも軽くしようという、無意識の理性の働きで。

7

「一博、久しぶりに一緒に食事に行かないか」

そう誘われたのは、ファハドの部屋で古い写真を見かけてから、二週間ほど経ってのことだった。

リビングで鉢合わせしたときに、二人っきりだったのはついていなかった。しかも、はっきり目が合って、気づかないふりをすることも難しかった。

あの写真を見てしまって以来、一博はファハドとまともに会話できないでいる。

なにかあったわけでも、言われたわけでもないのに、彼と話をしづらかった。

正直に言ってしまえば、顔を見るのが辛いくらいだ。

胸を、ちくんと刺すような感触があった。

なにが、胸を刺すというのだろう。

ファハドが、見知らぬ誰かと親しそうに写真に収まっていた。

ただ、それだけのことなのに。

その相手の容姿そのものよりも、表情が自分に似ているのだと、直感的に気がついてしまったことに、こんなにも動揺している。

そして、その動揺自体が、ファハドへの気まずさにつながっている。

なにより、自分の気持ちがありえない。

他人の空似ということはある。

作り込んだ笑顔は、どことなく似た雰囲気になるのだろうか。

……ファハドが一博の隠そうとしていたものに気がついたのも、彼の存在があってこそなのかもしれない。

(く……っ)

一博は奥歯を嚙みしめた。

ファハドは、じっと一博を見ている。

いや、本当に一博を見ているのか?

彼が見ているのは……、あの写真の少年ではないのか。

(俺は、どこまでいっても、誰かの代用品でしかないのか)

そんなふうに考えてしまう、自分が嫌だ。

自分が、こんな情けない性根の持ち主だとは、思ってもみなかった。

まるでヘドロのような感情が、一博の胸の中に溜まっていく。

「……どうした、一博？」

気がつけば、一博はファハドを凝視してしまっていたらしい。居心地の悪い気分のまま、一博は彼からそっと目をそらした。

「……おい」

ファハドは、さすがに腹立たしそうな表情になる。

「おまえ、なにか俺に言いたいことあるだろ」

「ない」

さっと短く答えたが、最悪の展開になる可能性も考えていた。

そんな自分に、ぞっとする。

隠し事をされるのが嫌いなファハド。

そのせいで、一博を陵辱したファハド。

……あの夜の再現を期待していたわけじゃないと、自分を信じたい。

強姦されたことを、許せない。

一博は、本気でそう思っている。

……思っているはずなのに、どうしてこんなにも辛いのだろうか。

（ただ、俺は……。もう、いっそのこと）

胸の中でもどかしげに暴れる、感情がある。

もう、それを抱えているのが、辛くなっていた。

ファハドは小さく舌打ちする。

そう、一博は彼のウィークポイントを踏み抜いたのを理解していた。

理解していて、煽っていた。

もやもやと、心の中に抱え込んだ思いを、一思いに破裂させてしまいたくて。

誰かの身代わりに気遣われた。親しくなった。そのことが、気に入らなくて気に入らなくて仕方がない。

（これじゃあ、まるで嫉妬《しっと》じゃないか）

まるでもなにも、まさしくそれでしかないのかもしれない。

だが、認めたくなんかなかった。

傲岸不遜で身勝手な男が、いつしかかけがえのない存在になっていたなんて、どうしたって受け入れたくなかった。

自分のことを好いてくれてもいない相手に、好意を抱いてしまったことを、知られるのも怖い。

まして、一博の態度はとても、ファハドに愛されるようなものではなかった。

そして、ファハドだって、一博を愛してはいないだろう。

愛情を求めた相手に愛されたことなんて、一博は一度もない。

優等生の仮面を被ろうがなにをしようが、いつだって一博は、誰かの代わりだった。

それが実子だろうと、かつて親しかった誰かだろうとも。

「……そうか、わかった」

ファハドは溜息をつく。

彼の影が、大きく一博の上に落ちた。

「……っ」

「おまえは、強情だな。……俺の前では、もう何も隠す必要はないと言っただろう？」

痛みを堪《こら》えるような表情でそう言うと、ファハドは一博の腕を摑む。

その瞬間、一博はファハドには見えないように、ほの暗い笑みを浮かべてしまっていた。

ファハドが怒ったことに、喜んでいる。

自分がこれほど愚かな人間だとは、考えてもみなかった。

愛を求める相手だからこそ、そんなことは望んでいないという態度を取るなんて、まるで気が引きたくてたまらない、構ってちゃんな子供みたいだ。

一博は愚かだ。

愚かだとわかりながらも、口を噤《つぐ》むことしかできず、相手の神経を逆撫でする行為に走ってしまうことが、何よりも救いがたく、愚かなのだろう……。

「来い」

一博の腕を摑んだファハドは、引きずるように歩く。

命じるような言葉には、まるで憤《いきどお》りが籠もっているかのようだった。

その強引さに、自分たちが関係を持ってしまった、あの酔った晩を思い出さずにいられなかった。

心臓が早鐘みたいに鳴っていた。

息詰まるような空気をぶち破る、暴力的なショックを、自分は期待しているのだろうか？

この期に及んで、まだ格好をつけている。

つんと、突っぱねるような態度を取るのをやめられない。

また、あの夜みたいなことになるんだろうか。その後積み重ねた、穏やかな時間を全部ぶち壊してしまうみたいに。

かけがえのない関係を、ファハドと築けたはずなのに、すべて台無しにしている自分の弱さが、嫌になってしまう。

ファハドは一博を部屋に引きずり込むと、やはり人払いをした。

隠し事がなによりも嫌いだと言っていたファハドの前で、一博は露骨な態度を取っている。挑発と取られても、仕方がないだろう。

「一博」

低い声で名前を呼ばれ、一博はびくっと体を震わせる。

視線は、つい下に向いた。

呼吸は激しく、息づかいは荒い。この先を期待しているみたいで、自分で自分が救いがたいし、最悪だ。

けれども、一博は動けない。

……そして、この弱さが、ファハドを苛立たせている。

自覚はあった。

ずっと、ファハドのことを、子供だ子供だと言ってきた。

でも、本当は彼よりも、ずっと一博のほうが子供だ。

いや、狡猾《こうかつ》で、救いがたい、卑怯で弱い大人ということになるのだろうか……。

一博の腕を摑んだファハドの指先に、力が籠もる。

思わず身を竦めた一博の体を、ファハドはぎゅっと抱きしめてきた。

予想外だ。

驚きのあまり、一博は目を見開く。

ファハドは、決して乱暴じゃなかった。一博の腕を摑んだ指先に力が加わっていたのは、緊張していたからのようだった。

握ってきた指先が、少し冷えている。

ファハドは、そっと一博の耳元に口唇を寄せてきた。

「……なあ、俺はなにかしたか」

思いがけない言葉に、一博ははっと顔を上げた。

ファハドの声に、彼らしくもない弱々しさすら感じたのだ。

「え……っ」

思わず、一博は小さな声を漏らしてしまう。

「おまえに、避けられるようなことをしたのか」

小さな声で、ファハドは問いかけてくる。

「……隠し事はよせ。遠慮はなしだ。言いたいことがあれば、言え」

「ファハド……」

一博は、まじまじとファハドを見つめた。

こんな彼の姿は、初めて見る。

一博の顔を覗き込むように語りかけ……、そう、一博の気持ちを聞いてくれようとしている。

他の誰でもなく、一博の。

信じられない。

最初は、まったくぴんと来なかった。

だが、じわじわと、見られているのが自分であることを、実感しはじめる。

「たいしたことじゃない」

一博の口調は、弱くなる。

突き放すようなことを言えない。

むしろ、ファハドを窺《うかが》うような、弱々しいトーンになってしまった。

今のファハドは、一博を慮《おもんぱか》っているように感じる。

これは、目の錯覚などではないのだろうか？

一博は、自分が今、見ているものに対して、疑心暗鬼になっていた。

他の誰でもなく、目の前の一博が大事にされているように感じられてしまった。

あの、酔ってしまった夜とは違っていた。

誰にも重ねられることはなく、誰かのかわりではなく、今、ファハドは一博自身を見てくれている。

（そんな馬鹿な。……夢みたいなことがあるのか？）

一博の中のコンプレックスが、急速にしぼみつつあった。

なんてお手軽なんだろうと、自分に呆れる。

でも、紛れもない本音だった。

生まれて初めて手に入れた、誰にも重ねられることなく一博にだけ向けられた他人の感情。それが、一博の胸を熱くする。

「だから、俺の前でなにも隠すなと言っているだろう！」

「また、力尽くで暴くか？」

そう言ったのは、皮肉のつもりでもなかった。

多分、確かめたかったのだ。

ファハドの中で、変わったはずのものを。

……期待してしまった。

暴力的なセックスを求めてきた男に、こんな感情を抱いている一博は愚かだ。

でも、この感情は理屈じゃない。

誰かを強く求める欲望は。

彼に暴かれて、強引に距離を詰められて。

歪んだ形で、一博の孤独は拭われた。

その結果、一博は誰かの身代わりとしてではなく、ファハドの傍にいたいと願うようになってしまっていたのだ。

今更、思い知る。

とうの昔に捨てたはずの願いが、まだこの胸の中に巣くったままだったことを。

そして、相手がファハドだからこそ、身の程知らずなことを請い願いたくなってしまったのだと……!

「……できない」

ファハドは、深いため息とともに呟いた。

「今のおまえに、できるはずがない」

ファハドの声には、隠しようもない苦さが滲んでいた。

その苦さは、まるで後悔の証だ。

一博への手ひどい扱いを、ファハドが今悔いている。

言葉少ないながらも、その想いがひしひしと、一博の胸に迫りはじめた。

「ファハド……」

心臓が、わし摑みされたかのような心地になる。

ファハドの言葉には、慈《いつく》しみが籠もっていた。

他の誰でもなく、一博に対しての。

(いったい、いつからこんな……。こんな、気持ちを?)

一博は、まったく気がつかないでいた。

ファハドの自分に対する気持ちが、変わっていたことに。

そして、これまでは望んでも得られなかったものが、いつしか与えられるようになっていたことに。

「俺はこれでも、おまえに随分気を遣ったつもりだったんだがな。言わなくては伝わらないということか」

そう言うと、ファハドは一博の顔を覗き込んできた。

「おまえが、愛しい」

「……っ」

一博は、大きく目を見開く。

さすがに、その言葉までは見てくれていなかった。

目の前の一博を、ファハドがファハドが見てくれているなら、それでよかった。

怒らせて気を引くという、最低のやり方でも構わない。

真摯《しんし》な表情で、ファハドは一博を見つめている。

そして、小さく口元を歪めた。

「本気で言っているのか」

思わず小声になりつつも、一博はファハドに問いかける。

心臓が、まるで早鐘のようだ。

ファハドが頷いたら、一博はどうするだろう?

一博自身にも、自分の気持ちが見えないでいる。

「信じられないか?」

ファハドは、低い声で問いかけてくる。

怒ったのだろうか。

思わず、一博は無言になる。

怒って、煽って、そしてセックスすることになっても、構わないと思っていた。そんな最低な一博だが、今はファハドの言葉が聞きたい。

行為ではなく、はっきりと受け取りやすい形になった、ファハドの想いを知りたかった。

(俺は、とんでもなくわがままだ)

己の身勝手さを、痛感する。

でも、望むことを止められないでいた。

一博は、真っ直ぐにファハドを見据える。

それは、決意の表れだった。

もう二度と、彼に与えられるものから逃げ出したりしないように。

「……聞かせてほしい」

一博は、掠れた声で囁く。

「おまえの気持ちを」

祈るように絞り出した一博の言葉に、ファハドはかすかに頬を緩める。

「この俺に、愛を乞わせようとするとは」

ファハドの腕が解かれて、かわりに彼は一博の頬を両手で包み込んだ。

「おまえが信じられるまで、何度でも繰り返してやろう」

ファハドの顔が、近づいてくる。

まるで、体温で包み込むかのような距離に。

「おまえを愛している」

「……どうして？」

思わず問いかけると、ファハドは苦笑する。

穏やかな表情だった。

「なんだ、自分の魅力を並べたててほしいのか」

「……っ」

皮肉っぽく笑われ、思わず言葉に詰まる。

噤んだ口唇に、ファハドは触れてきた。

恭しいくらい、優しい仕草だった。

決して、情欲を引きずり出すような強さはない。

それなのに、一博の体は熱くなってしまう。

「最初は、その澄まし面を見ていると苛ついただけだ。これは隠さない。俺は、おまえに嘘をつきたくないからな」

口唇を離したファハドは、ひどいことを言う。

だが、一博はその言葉を、ゆっくりと胸の中で転がした。

ファハドの「真実の気持ち」を、一博は受け止めた。

それが、紛れもなく自分に向けられた感情だ。

その言葉は、一博だけのものだ。

「それなのに、おまえを暴いて、知って、愛しくなってしまった。本気だ。だから、今度は触れられなくなった。おまえを暴力的に奪うことは簡単だが、欲望で貫いても虚しいだけだ」

「じゃあ、なにが望みなんだ?」

一博の体を弄ぶことで、ファハドは確かに快楽を得ていたはずだ。そこに、虚しさを感じているとは、考えていなかった。

問うような眼差しを投げかけると、ファハドはぽつりと呟く。

ほんのりと、頬を赤らめながら。

「……俺は、おまえに愛されたい」

「……っ」

今度は、一博が頬を赤くする番だ。

ファハドは一博を抱かなくなった。

一博を弄ぶことに飽きたのだと、思っていた。

でも、本当は違ったのか。

（そんなに真剣に、俺のことを……）

一博が、彼と過ごす穏やかな時間が悪くないと思っていた裏で、ファハドがこんなふうに、真剣に想ってくれていたなんて、まったく気がつかなかった。

「しかし、またおまえが俺を疎みはじめたというなら別だ」

ファハドは真顔になる。

不遜な王者の……、しかし紛れもなく一博を求めている男の表情をしていた。

「なんとしてでも、傍に引き戻す」

迷いなく、ファハドは断言する。

「だから、俺を避けるようになった理由を言え。その理由を、取り除こうじゃないか」

「殊勝なのか、傲岸不遜なのか、さっぱりわからないな……」

呆れたように言いながら、一博は微笑んでしまった。

（ファハドらしい）

彼のこういう傍若無人な性格を倦厭《けんえん》していたはずなのに、今はひたすら愛しかった。

力なく下げていた手で、一博はファハドの頬に触れる。

ファハドは、目を丸くする。

「ファハド」

名前を呼ぶと、ファハドは甘く目を細めた。

一博から触れたことの意味を、理解したからだろう。

「……おまえを疎んではいない」

ファハドを見上げたまま、一博はぽつりと呟いた。

「心の整理がつかなかっただけだ」

思い切って伝えれば、ファハドは不思議そうな表情になる。

「心の整理？」

「……俺が、おまえをどう思っているのか、俺自身にもわからなくなった。混乱してしまっていたんだ」

「おまえ自身のことなのに、わからないなんてことがあるのか」

ひっそりと、まるで内緒話をするかのように、ファハドが顔を近づけてくる。

そして、一博もまた。

そう、自分からファハドへと近づこうとしていた。

ほんの少しだけ、一博は伸びをする。

そして、ファハドへと顔を近づけた。

「気になることがあったんだ」

「言ってみろ」

強い声で促され、抱きしめられる。

ファハドの、逞しい胸へ。

きっとこの腕は、一博を離すことはない。そう、信じさせてくれる安心感があった。

一博は戸惑いがちに口唇を開いた。

「おまえは前に、俺に似た相手を知っていると言っていた。……それが気になって仕方がなかった。そして、気になること自体が、俺の胸をかき乱した」

「なぜだ」

「言わせるな」

一博は、ふいっと視線をそらす。

ここまで打ち明けるのだって、精一杯なのだ。

これ以上のことなど、簡単に言葉が出てきてくれない。

「俺だって言ったんだ。おまえも、言え」

ファハドは、にやりと嗤う。

すべてお見通しだと、言わんばかりの表情だ。

「……っ」

口籠もった一博は、溜息をつく。

そして、少しためらってから、言葉のかわりにファハドへと口唇を押し当てた。

これが、今の一博の精一杯だ。

面食らったような表情で、ファハドは目を大きく見開く。

やがて、穏やかな笑みを浮かべた。

「……これは、言葉ではない」

そう言いつつも、ファハドの表情は嬉しげに綻んでいた。

「沈黙は雄弁だと思ってくれ」

視線をそらすように言った一博だが、頬の赤みは誤魔化《ごまか》せていないだろう。

とても恥ずかしくて、ありえないくらい浮ついている。

こんな気持ちになるのは、初めてだった。

「おまえも、俺のものだな？」

念を押すように、ファハドは尋《たず》ねてくる。

「おまえが否定しなければ、俺はおまえを自分のものにする」

「……っ」

否定できないということは、つまり一博はファハドのものになりたいのだという意思表示をしたということになる。

それでも、構いはしない。

ファハドは一博の頬を包んだ両手で、まるで癒やすように撫でてきた。

「……ところで、一博。俺が、おまえに似た相手を知っていることの、なにがそんなに気にかかるんだ？」

「俺は、誰かの身代わりとして育った。養父母の、本当は生まれてくるはずだった子供の」

一博は、ぽつりと呟く。

自分が昇華し切れないままでいるわだかまりを、人に見せるのは気恥ずかしい。

だが、ファハドにならば、知っていてほしかった。

彼の言うとおり、もう隠し事をするような仲ではない。

「だから、おまえが俺に似ている人間と重ねて見ているかもしれないと思ったとき、ああまたかと思った」

そこで、一博は言葉を切る。

今、ファハドの言葉を待つのは、多分一博の甘えとなるのだろう。

だが今は、甘えさせてほしい気分でもあった。

「おまえ、そんなことを考えて悶々としていたのか」

溜息混じりに、ファハドは呟く。

「やたら、考えるような素振りを見せることがあったが……」

一博は、口唇を引き結ぶ。

ファハドは思いの外、一博のことをよく見ていたようだ。

「考え込むくらいならば、俺に聞けば早いだろう」

「だから、今聞いている」

一博は弱気を隠すように、強い口調で言う。

「まったく。この意地っ張りめ」

ファハドの声は、笑みを含んでいる。

意地の悪いものではなく、思いがけないあたたかみがあった。

「……」

一博は、黙り込む。

ばつが悪かった。

自分たちの間に、こんな空気が流れていることが。

「まあいい、だから一博は面白い」

ファハドは、小さく息をつく。

「確かに、俺は本心を隠している相手に敏感だ。だから、安心するために暴き立ててやりたくなる。……そう、以前のおまえのように」

以前の、と付け加えた声音は柔らかい。

今の一博は変わったのだと、言わんばかりだった。

「おまえにも言ったとおり、隠し事をしたまま、限界で破裂するまで黙っているようなヤツが傍にいるのは、俺にとっては一番耐えがたいことではある。……昔、そういう男に殺されかけた。そう、暗殺未遂事件に遭ったからな」

「……えっ」

あまりにも思いがけない言葉に、一博は目を丸くする。

脳裏に浮かんだのは、幸せそうに寄り添う、あの自分と雰囲気の似た少年の写真だった。

まさか、彼が暗殺者だったというのか。

「ヨーロッパに留学していた時代のことだ。……祖国の、王政反対派が、有力な王子の一人である俺にハニートラップを仕掛けたんだ」

ファハドの声には、抑揚《よくよう》がない。

完璧に、感情を殺しているかのように。

あるいは、その事実を突き放し、とるに足らぬ――よくあることだと、言わんばかりの態度だった。

ファハドが王族だということを、一博も知っている。

でも、それを実感したのは、今が初めてなのかもしれない。

もともと、ファハドは一博とはまったく異なった世界で生きている人だった。

「相手は男だった。綺麗な顔立ちで、凛《りん》としていて、俺は彼に夢中になった」

ファハドは、かすかに眉根を寄せる。

彼の中で、なんらかの感情が揺すぶられたのかもしれない。

「……おまえに少し似ていたことは、否定し切れないな。いつもそつのない表情をして、少しミステリアスで」

似ている相手だったということをファハドに認められてしまったが、一博は動揺しなかった。

似ているから関心を持ったにせよ、身代わりではない。

その事実が、一博にとっては、何よりも大事だったからだ。

「しかし、いくらミステリアスだからといって、俺から王政に不利な情報を引き出せるだけ引き出してから、殺そうとしていたとは思ってもみなかったがな」

軽い調子で、ファハドは言う。

しかし、一博は思わず目を瞠ってしまった。

「おまえが、日本に留学することになったのは、それが理由か……?」

「ああ」

ファハドは、小さく頷いた。

「男に溺れた挙げ句、暗殺されかけた。そんな厄介な男を、隣近所の国の王族もようようよしている、ロンドンにおいておけるわけないだろう」

「そうだったのか……。わけありだとは、思っていたが」

一博は考え込む。

こういうときに、どんな言葉をかけてやればいいのか、わからない。

人間関係に疎い自分を自覚し、苦い気持ちになる。

そういえば、深い人付き合いをしたことがなかった一博は、こんなふうに言葉を、誰かの心を慰めるための言葉を、真剣に考える必要に迫られたことが、なかったのかもしれない。

「……だが、俺はそれでもあいつを愛していたし、あいつもきっと俺を愛したんだろう。日に日に、思い詰めた表情になっていったあいつは最後の最後で、俺を殺すことができずに、自害してしまった」

苦く笑ったファハドは、とても老成して見えた。

そんな顔は、今まで一博には見せてくれなかった。

ファハドの隠していた、紛れもない彼の一面――。

(おまえこそ、隠し事をしていたんじゃないか)

それでも、詰《なじ》る気持ちはなかった。

むしろ、ファハドに対しての、しみじみとした情を感じる。

彼は自分の弱さや悔恨を、見せることを嫌うかもしれない。

自ら言葉にするまでは誰にも内心は悟らせないほど、完璧に意地を張り通す。それは、一博にはできないことだった。

(ファハドは、恐ろしくなかったのだろうか。……そんな目に遭っていながら、他人と再び深く交わることが)

ふと疑問に思ったものの、その回答を一博は自分で導き出した。

(……愛されていたと、愛していたと、今も言い切れるからか)

それは、一博の持たないファハドの強さだ。

「まったく、憎ませてもくれない。ひどい男だった」

それが、ファハドの隠していた秘密であり、最初に一博にちょっかいを出してきた理由だったということか。

一博は眉を寄せる。

「今も、愛しているのか？　だから、写真を……」

黙っているつもりだった写真のことが、するりと口唇からこぼれてしまう。

失言を悟ったときには、あとの祭りだ。

「写真？」

ファハドは訝《いぶか》しげな表情になる。

一博は素直に、自分が彼の心の内に土足で入り込んだことを詫びる。

「すまない、見るつもりはなかったんだが。前、写真の額装が落ちていて……」

「ああ」

ファハドは、小さく溜息をついた。

二週間前、写真が落ちていたことを、思い出したようだ。

「別に、見られて困るものじゃないさ。なにも、隠し持っていたわけじゃない。……多分、あいつが死んだ直後は感傷的になっていて、捨てられず、かと言って飾ることもできず、他の写真の後ろに入れたまま、忘れていただけだ」

それは、彼の情の深さの表れなのだろうか。

それとも、過去の痛みを抱えたまま、前に進める強さの表れなのだろうか？

ファハドは踵《きびす》を返すと、例の写真額のところに一博を連れていく。

彼が一博の目の前で額装を外すと、一博の目を引いたあの写真は入れられていなかった。

「……もう終わったことだ。俺の中でも、整理はついた」

そう語る声は静かで、本当にファハドの中で、古い痛手を負った恋に決着がついているのだと、一博は悟った。

「俺には、おまえがいる」

「……っ」

「おまえは弱い。だが、その弱さと向き合って、逃げない強さを持っている。誰でもない、おまえだけの魅力だ。……そこに、惚れた」

「ファハド……」

一博は、目を大きく見開く。

一博だからだと、一博がいいのだと、ファハドがはっきりと明言したのだ。

驚きのあまり、すぐに言葉が出なかった。

「俺の、とびっきりの秘密を話してやろうじゃないか。……今までの話など、これに比べれば、とるに足らない」

ファハドは声を低めると、一博にそっと耳打ちしてくる。

「秘密?」

「ああ、そうだ。俺の秘密だ。……おまえを暴き立てたくなったのは、おまえに惚れていたからだと。だからこそ、俺の前で感情を隠していることが、許せなかった」

「……えっ」

「感情を隠していることに気づいたのは、昔の恋人の存在あってのことだ。それは認める。……だが、暴きたくなったのは、おまえだからなんだ」

はじまりから、おまえだけだ。

そう、ファハドは言う。

最初から、他の誰かの影を重ねて求めていたわけじゃない、かつての苦い記憶は、経験値として蓄えられていた、ただそれだけのことで——。

「おまえも、俺がいいんだろう?」

一博を見つめていたファハドは、小さく口唇の端を上げた。

真摯な表情もいい。

それが、自分に向けられているのなら尚更だ。

だが、この子供の傲岸不遜さも、ファハドの魅力だと今の一博は感じてしまっていた。

「……まったく、身勝手な男だな」

もう、笑うしかない。一博は目を細めて、ファハドを見つめた。

「その身勝手な男が、よくなってしまったんじゃないか」

「うぬぼれるな」

そう言いつつも、一博は笑ってしまった。そして、弧《こ》を描いた口唇に、ファハドのそれが重なってくる。

いつしか二人は抱き合って、深く口づけ合っていた。


抱き合った途端、まるで発火したかのように体が熱くなった。

どうしてもっと早く、こうなっていなかったのか。

それが不自然なことだったような気がしてしまうほどに、お互いに欲情していた。

無理矢理に体を開かれた記憶も、強制された快楽も、おぞましいだけのものだったはずだ。それが、一博の中では、すっかり意味合いを変えてしまった。

一博を腕に掻き抱き、何度も何度もキスをしながら、ファハドは囁く。

「おまえを愛してやる」

「……っ」

「そして、おまえも俺を愛してるのだと示してくれ」

「ん……っ」

口唇をついばむようなキスは、やがて深く重なることができる角度を探すようなものとなった。

肉厚の舌に促されて口を開くと、ファハドが一博の中に入ってくる。

「う、りゅ……っ」

ぴちゃりと、濡れた音が口内で響く。

ぞわっと、全身が総毛立った。

その淫らな音は、熱い夜を予感させる。

「……ふ……っ、く…」

巧みに動く舌先に翻弄されながらも、一博は拙くファハドに合わせて動こうとする。

こんな行為には慣れていない。性を貪るなどということは、一博とは無縁だった。だから、たどたどしくしか動かせない。

「……っ、ん！」

一際強く舌を吸い上げられたかと思うと、ファハドが口唇を離した。

お互いの間に、銀の糸が引かれる。

「……おまえが、俺を愛撫しようとするとは」

「あ……っ、ちが」

「違わないだろう？　必死に舌を絡めようとした」

一博の濡れた口元に舌先を這わせながら、ファハドは微笑む。

「最高だ。……拙いがな」

「拙いは余計だ」

照れくささと気まずさで、思わず一博は視線をそらした。

ファハドは、思わせぶりに笑う。

「なぜだ？　おまえが俺ほど愛した相手はいないということだろう。素晴らしいことだ」

「自信家め」

性の経験の浅さを揶揄されるのではなく、喜んでいる。その独占欲の発露《はつろ》には、ぞくぞくさせられた。

「おまえが、俺を自信家にさせるんだ」

口唇が今にも触れ合いそうな位置で、ファハドは囁きかけてきた。

「おまえなんて、もとから自信家じゃないか」

「そうでもない。……こと、おまえに関してはな」

「……っ」

熱意をこめたキスに、一博は貪られる。

ねっとりと絡め合う舌先は、濡れた音を鳴らしつづける。

ぬぷ、くちゅ、と。一博の内側から、淫らな音が溢れ出していた。

「……は、う……っ」

「おまえが欲しい」

欲望の籠もった声で囁きながら、ファハドは一博から服を奪いはじめる。

さらされていく素肌は、熱を帯びていた。

「身も心も俺のものになったおまえを、味わいたい」

「……っ」

裸の胸を、ファハドの大きな手のひらがまさぐりはじめた。

キスは、一博の体を敏感にしていた。

既に、乳首の先端が尖っている。

快楽を集めて硬くなるその場所は、手のひらを押し当てられたまま、軽く回すように動かれるだけで、ぞくぞくと一博の全身を震えさせる。

「ああ……っ」

思わずのけぞらせてしまった背を、ファハドの腕が支える。

そして彼は、そのまま一博の胸元に口唇を滑らせた。

「……はあ、ん……っ」

尖った乳首に、ファハドが食らいついてきた。くちゅくちゅと、わざとらしい水音を立てるように乳首を吸い上げられ、歯を立てられる。

「ひぃっ、ひゃあ……っ！」

歯の硬い感触は、鋭い悦楽を一博に与えた。歓喜に震える声を抑えることはできずに、一博は嬌声《きょうせい》を上げる。

もとより、この体はファハドによって開かれてきたものだ。

与えられる快楽に、あらがい切れるものでもなかった。

「いい反応だ」

ファハドは一博を腕で抱いたまま、一博の乳首を弄ぶ。

「……んっ、あ……、あう……っ」

ファハドに触れられることを、体は歓喜していた。

慣れ切った体だからというだけではなくて、心がファハドを受け入れているからこそ、一博は感じやすくなっているのだ。

「……はあ、ふ……っ」

下半身に力が入らず、一博はぐったりとファハドの腕に体を預けた。そんな一博を、ファハドは両腕に抱え上げ、横抱きにした。

「……っ」

微熱を帯びたようになっていた体が浮き上がり、一博ははっとする。

ファハドは一博の顔を覗き込み、微笑んだ。

「ベッドへ行こう」

囁いたファハドは、一博をベッドへと連れ去った。


ベッドに、一博は恭しく横たわらされる。

まるで、宝物のように。

「始まりが、悪かった」

全裸の一博を丹念に愛撫しながら、ファハドは呟く。

「おまえを暴くのに、ただ必死だった」

「ファハド……」

顔を近づけてきたファハドは、恭しく尋ねてきた。

「口づけても構わないだろうか？」

「……っ、いちいち聞くな」

「聞きたい。……おまえのすべてを」

ファハドは真摯な表情になる。

「そして、おまえを愛したい」

「な……っ」

「暴き、奪うのではなく、おまえが欲するものを与えたい。それが愛でも、欲望でも」

「償《つぐな》うと？」

一博は尋ねる。

皮肉のつもりはなかった。

だが、ファハドがどういうつもりなのか、問いたかった。

「許せとは言わない。……憎しみでも、真実を与えられるなら構わないからだ。ただ、俺がおまえにそうしたい。……愛してしまったからには」

ファハドは、きっぱりと言い切る。

「……そうか、それならいい」

一博は、小さく息をつく。

ファハドのぬくもりが後ろめたさゆえだったとしたら、それはどこか歪《いびつ》な関係となる気がする。

それを、一博は恐れた。

自分を強姦し、辱《はずかし》めた男だ。

屈服された恥辱の記憶は、拭えない。

だが、それらのすべてを越えて、一博もまたファハドに心を許してしまっていた。

彼を、いつしか愛していた。

だからこそ、贖罪《しょくざい》の気持ちとともに触れられるより、愛され、満たされたい――。

「愛している、一博」

ファハドは甘ったるい睦言《むつごと》とともに、一博の前身をまさぐりはじめる。

「……ん……っ」

既に火が付いている体は、感じやすくなっていた。

胸元を一撫でされ、思わず一博は咽ぶ。

ほどけた口唇からは、甘い喘ぎが溢れてしまった。

触れられた場所から、全身に熱が広がっていく気がした。

「敏感だな」

「言う、な……」

「どうして？　おまえの快感を確かめたいだけだ」

「あう……っ」

「こうやって」

下半身に伸ばされた手のひらに、性器を包み込まれる。

少し力を加えられただけで、一博のそこは反応してしまった。ファハドの手のひらの中で、反り返ったのを自覚する。

「いいんだろう？」

ファハドは、蜜より甘い声で囁きかけてくる。

「聞かせてくれ。……おまえの快感に、仕えたい」

「……あ……っ」

ゆるゆると、筒状の手のひらを動かされて、一博は思わず甘い声を上げてしまった。

「いいか？」

本当に真剣な声でファハドが問いかけてくるので、それを無視していてはいけないような気がしてきてしまう。

でも、一博は「気持ちいい」などと言い出せる性格ではない。

「……ぐ……っ」

喉奥で声をくぐもらせると、再びファハドは一博の口唇を奪ってきた。

「……ん……っ」

ファハドは一博の体の強張りを解くように、何度も何度も優しいキスを繰り返す。

「ああ、言葉でねだってはだめか。では、おまえが心から、そう呟かずにいられないようにしよう。……俺の愛で」

そうほくそ笑むと、ファハドは一博の体を滑り落ちていく。

「……んっ、あ……！」

口唇から顎へ、そして首筋へ。

ファハドの口唇は熱心に、一博の体に跡を刻んでいく。

肌を吸い上げられるたびに、一博の体は震えた。

背がしなり、腰が揺れる。

「……ふっ、ん……」

一博の体を吸うだけではなく、ファハドは丹念に一博の欲望を育て上げはじめた。

「気持ちいいか？」

ファハドは、とろりと甘い声で尋ねてくる。

「……んっ」

まだ、言えない。

一博は口唇を噤む。

さんざん、甘い声を漏らしたあとなのに、往生際《おうじょうぎわ》が悪いかもしれない。

だが、意識するように言葉をかけられると、羞恥心が増していく。それが、一博の口唇を閉ざさせた。

以前のファハドなら意地になって、そんな一博に対して、力尽くで口唇をこじ開けようとしたかもしれない。

でも、今の彼は違った。

「……俺は、気持ちいいぞ」

意固地な一博をあやすように、ファハドは囁きかけてくる。

「おまえのすべてに触れるだけで、全身が高揚《こうよう》する。口唇も、肌も、乳首も、この小さな臍《へそ》も……、勿論性器も。呼吸、心音、体温、掠れた声も何もかも」

「……あ……っ」

緩やかに扱かれた性器は張り詰めて、徐々に限界を迎えつつある。

みっちりと、質量を感じはじめたそこが、快楽に濡れていることを、一博は自覚せずにはいられなかった。

「すごいな。張りつめている。……気持ちいい」

ファハドはしきりに、「気持ちいい」と繰り返す。

まるで、一博から、その言葉を導き出そうとしているかのように。

「……あ…っ」

「ここも……。吸っても、噛んでもいい」

ファハドは一博の性器に快楽を注ぎ込みつつ、乳首を吸った。そして、舌で転がしたり、噛んだりと硬くなってしまったそこを、丹念に愛撫しはじめる。

「……やっ、め……っ」

「どうして？　こんなに気持ちがいいのに」

衒《てら》いなく、ファハドは囁いた。

「おまえも、そうじゃないのか？」

「……くっ、あ……」

乳首をきつく扱かれたと思うと、ひときわ弾力の強い性器の先端を、上から包み込むように手のひらで覆われる。

やわやわと性器を揉まれながら、乳首を吸い上げられると、一博の口からはひっきりなしに嬌声が漏れはじめた。

「……はぁ……ふ……ん…っ」

弱い場所を攻められているうちに、頭が芯からぼうっと白みはじめてきた。

「……ファハ、ド……」

「気持ちいいか?」

囁くような言葉が、するりと鼓膜から流れ込んでくる。

その言葉は、快楽とともに一博を犯した。

「……きもち、いい……」

釣られるように、一博も呟いてしまう。

ファハドは、満面の笑みを浮かべる。

「……ああ、そうか。よかった。俺も、とても気持ちいい……」

ファハドの声には、歓喜が滲んでいた。

「あ…う…っ」

「愛している、一博」

ファハドは、一博だけを見つめている。

一博のために、愛の言葉を囁いている。

本気で欲しがることすら怖くてできないほどに焦《こ》がれていた、自分のためだけの愛情を、一博は生まれて初めて、一身に浴びたのだ。

強く、実感する。

衝動が、一博の胸を揺さぶる。

「ファハド」

一博は掠れた声で名を呼ぶと、思わず彼を抱きしめた。

無我夢中で口づけし合う。

お互いがお互いのものだと主張するみたいに、気がつけばキスの跡を互いに残していた。

けれども、これだけでは足りない。

「……っ、ファハド、いい……から、ほし……い……」

「何を？」

「おまえ……」

「……俺も、おまえが欲しい」

ぬめりを帯びた一博の性器を一撫でして、ファハドは溢れた粘液を手のひらに伸ばしはじめる。

そして、一博の脚を大きく左右に広げると、その狭間へと指を這わせた。

「ああ……っ!」

ファハドの手によって性器に変えられた穴に触れられ、一博は思わず喘ぎ声を上げていた。

痛みはない。

ファハドによって快楽を知ってしまった穴は、いまや恋人になった男を待ち望んでいた。

少し触れられただけで、はしたなくひくついてしまう。

「力を抜け」

「……んっ」

ファハドは一博の内ももや膝の裏に口づけながら、一博の中に指を押し入れる。

しばらくファハドに貫かれていなかった場所は、指だけでは足りないと訴えていた。

ここに入るべきは、それではないのだと。

いつから、自分はこんなにも淫らになってしまったのだろうか。

「……いい、だろう?」

「……ん、いい、きもち、いい……」

指を抜き差しされながら、一博は譫言のように囁く。

気持ちがいい。

男に犯されるために、穴を指で広げられている。

その指についているのは、自らの先走りだ。

羞恥すら、今の一博にとっては快楽でしかない。

「……ん、も……っと……」

「大丈夫か？　じゃあ、二本目を……」

「あう……っ！」

中で指を揺らされているうちに、穴が緩くなっていく。そこに、ファハドは二本目の指を入れて、肉襞を広げるように回しはじめた。

「……あう、い……いい。すごい……」

既に張り詰めた性器の快楽に直結している場所が、一博の体内にある。そこを、少し乱暴に指の腹で擦り上げられると、全身に快楽という電流が走った。

「……ひっ、あ……！」

勃起した性器の先端から、濃厚な体液が溢れる。

先走りの滴《しずく》が、ひくひくと震える尿道から、ひっきりなしにこぼれ落ちはじめた。

「このまま、イくか？」

「嫌だ」

一博は、思わず即答してしまった。

性器はもう限界だ。

一度射精すれば、楽になれる。

でも今は、楽になるよりも欲しいものがある。

「指、じゃなく……て……」

一博は喘ぎながらも、ファハドに嘆願する。

「ファハド……ファハドのペニスが欲しい……っ」

ペニスと口にした途端、ぞくりと全身が震える。

破廉恥に男をねだったことを、自覚せずにいられない。

でも、それが快感すぎた。

恋人とひとつになりたい。

その純粋な願いに、一博はただ素直になってしまっただけだ。

「ファハド……、来いよ……」

一博は初めて、自らの意思で、脚を左右に開く。

「……ああ、一博。愛している」

感極まったように、ファハドは呟いた。

「ああ……っ！」

ファハドは性急に動く。

彼は指を引き抜いたかと思うと、猛り切った性器を一博に突き入れた。

性急でもいいい。ここまで我慢していたのだと思うと、ファハドの性器が愛しい。

「……んっ、あ……ああ、いい……。いい……！」

快楽に咽び泣きながら、ファハドを迎え入れた一博は、何度も何度も猛り切った情熱で突き上げられ、嬌声を漏らす。

ファハドの熱は、一博の中にあった空洞を、いつしか埋め尽くしていた。

蜜は泉のごとく

1

「それでは、次のニュースです――」

リビングルームで、なんの気なしにテレビを見ていた一博《かずひろ》は、はっとして目を見開いた。

ニュースキャスターが口にしたのは、よく知っている国の名前だったからだ。

「国王入院か……。あそこは国王専制国家だから、しばらく混乱するかもしれないな」

一博と同じようにニュースを見ていた鷹守《たかもり》が、ぽつりと呟く。エリート商社マンとして、世界を相手に仕事をしている彼は、この手の国際ニュースに敏感だ。

「混乱か……」

思わず、一博は眉を顰《ひそ》めてしまった。

なぜなら、今、ニュースで話題になったのは、恋人の故郷だったからだ。

「……なんだ、一博の耳にも入ったのか」

夜――。

外出先から帰宅したファハドの部屋を尋ねてみれば、ファハドは珍しく、困惑したような表情になった。

触れてほしくない話題を、出されてしまったかのように。

「ニュースでやっていたし、鷹守も気にしていた」

「……そうか。まあ、仕方がない。日本にとっても、大事な原油の輸入元だしな」

ファハドはソファに腰を下ろすと、天井を仰ぐ。

どことなく、疲れた横顔をしていた。

「今日の外出も、関係しているのか」

「ああ、まあ……。大使館に呼ばれていた」

ファハドは、小さく息をついた。

「駐中大使をやっている従兄《いとこ》のひとりが、日本まで来ていたんだ。駐日大使ははとこだから、全員で国王陛下の話をしてきた」

「……」

一博は、ファハドの傍らに寄り添うように座りながらも、どことなく居心地の悪さを感じていた。

本当に、ここに座っていていいのだろうか。

ファハドの隣に、自分の居場所はあるのか、と。

ファハドは王族だ。

ファハドの国には王族を名乗れる人が千人はいるというが、中でも有力な血筋だということは、一博も聞いている。

ファハドたちの国の王位は父から子に継がれるわけではなく、兄弟継承が多い。ただ、次の王位は現国王の弟の誰かだという話ではあるものの、さすがに皇太子は若い世代を立てるという話が出ているらしい。

『若返りのために、ファハドの父世代を皇太子にするという噂があるが、ファハドの父親ということ、その世代では有力者だ』

ニュースを見ながら、鷹守は現地の情報を一博に教えてくれた。

『もしもファハドの父の血筋が重要視されるなら、ファハドも要職に就くことになるかもしれないな。なにかあって、この日本に来たみたいだけれど、有力王族のひとりには変わりがないし』

……それはつまり、ファハドが故郷に戻るということだ。

この極東の島国で学生をするのではなく、故郷で大人としての仕事に携わるということ。

鷹守は、ファハドがロンドンでスキャンダルを起こし、日本に来たことは知らない。でも、言ってしまえば、ファハドのスキャンダルはもみ消された状態であり、彼の有力王族という立場には変わりがないということにもなる。

つまり、王族としての権利もあれば、義務もあるのだ。

いつまでも、日本にいられるはずがない。

(ファハドは日本人じゃない。それはわかっていたが……。故郷に帰るのは、もっと先のことだと思っていた)

ファハドの横顔を、一博はちらりと盗み見する。

(ファハドが故郷に戻ることになったら、遠距離恋愛か。それとも……)

最悪の可能性が、一博の頭をよぎる。

「……ファハド」

一博は、そっと恋人の名を呼ぶ。

もしかしたら、伺うような声音になってしまっていたかもしれない。

「帰国しなくていいのか」

ファハドは、一博に本音を隠されるのを嫌う。

でも今、一博は人生で一番の演技をしているつもりでいた。

心の声が届かないように、悟られてはいけない。

抗えない、家族の事情のことで、一博がわがままを言うわけにはいかないだろう。

「そうだな。一度、帰国することになると思うが……。ただの見舞いだ」

帰国という言葉がファハドの口から出てきただけで、心臓が飛び跳ねそうになった。そんな自分の動揺を、必死で一博は抑える。

（ただの一時帰国だというのに……）

ほろ苦い笑いが漏れた。

もしもこれで、ファハドの正式な帰国が決まってしまったら、いったい一博はどうなってしまうのだろうか。

「そうか。……ああ、ファハド、コーヒーでも淹《い》れるか」

「頼む」

頷いたファハドだが、ソファを立ち上がろうとした一博の手を、不意に握った。

「……っ、どうした？」

「一博、なにを考えている」

ファハドの声は低く、一博の心に切り込んでくるかのように鋭かった。

「何をって……」

「不安そうな顔をしている。……俺を、誤魔化せると思うなよ」

「……不安というか、心配だったんだ」

問い詰められたら、隠しとおすことはできない。

一博もまた、ファハドの不安を知っている。

彼の過去の傷。秘密を持った恋人に、裏切られかけたということを——。

ファハドに対して隠し事をしない恋人でありたいという気持ちは、一博にとっての精一杯の愛情表現だった。

「国の体制が変わることで、おまえも王族として生きることになるんじゃないかと思って。そうなると、国に帰らなくてはいけないだろう?」

「……つまり、俺が帰国するときに、おまえは俺と別れたいということか?」

ファハドは小さく息をついた。

一博の手首を摑んだ指先に、強い力が籠もる。

「そういうつもりはない。だが……」

(俺が、別れたいんじゃない。でも、おまえは立場上、別れる道を選ぶしかない日が来るんじゃないのか?)

ニュースを見たときから、ずっと一博はそれを怖れている。

どれだけ想い合おうとも、乗り越えられない現実があるのではないか、と。

(俺は、おまえを苦しめたくない)

いざとなったら、潔く身を引く覚悟だ。

それを、一博は固めつつあった。

ファハドはかつての恋人に裏切られたことで、国での立場が危うくなり、この日本に留学するハメになったのだ。

また、一博のことで立場を悪くさせては、申し訳ない。

(せめて、俺だけはおまえに迷惑をかけたくないんだ)

誰かを苦しめたくないという気持ちが、一博の中で芽生えている。これは、ファハドを愛するようになってから、知った感情だ。

以前の、他人と深いつながりを持つことができなかった一博では、抱くことができなかったものだった。

「一博。おまえが俺なしで、そして俺がおまえなしで、生きられると思っているのか?」

そのファハドの問いかけには、かすかな憤りが滲《にじ》んでいた。

激しい感情をぶつけられ、一博の胸は強く揺すぶられる。

人に気持ちをぶつけることも、ぶつけられることも慣れていない一博は戸惑い、一瞬体を強張らせてしまう。

それが、ファハドの誤解を重ねてしまったのかもしれない。

強引に手首を引き寄せられ、一博ははっとする。気がつけば、一博はファハドの胸の中に転がり込んでいた。

「ファハド……！」

「おまえは、俺のものだ」

強い口調で、ファハドは断言する。

「……別れるつもりはない」

「……う…っ」

乱暴に、ファハドは口づけてくる。

求める欲望を、抑える素振りは見せないまま。

「……んっ、ふ……」

口唇を強く吸われるだけで、全身が火照る。

ファハドの愛撫になれきった体は、彼にだけは敏感だ。口づけだけでも、その気になるには十分すぎた。

「あ……ふ……っ」

口唇を噛みあうようなキスに、抗う力は一博にはない。

いつしか一博は、ファハドに身を任せ、彼の首筋に腕を回していた。

そして、彼に体を重ねていく。

「……く、ふ……っ」

肉厚のファハドの舌が、一博の口内をまさぐっている。

水音が淫らに響いて、くらくらしてきた。

歯の付け根を舌先でなぞられると、ぞっと背中が泡立つ。ファハドの腕の中では、敏感な場所のすべてが、性感帯でしかなかった。

「……んっ、あ……」

「いい顔だ。……俺を感じているな？」

「……っ、言うな……！」

股間を撫でられて、一博はさっと顔を赤らめた。

そこは、キスだけで熱を帯び、形を変え始めてしまっている。

「俺が欲しいんだろう？」

不遜に、ファハドは微笑んだ。

「……ほら、欲しいと言ってみろ」

「く……っ」

煽《あお》るように性欲そのものの形をなぞられる。布越しでも伝わる扇情的な指の動きに、一博はごくりと息を呑んだ。

「……なあ、一博」

甘ったるい声で名前を呼びながら、ファハドは籠絡しようとする。

一博の口から、はしたなくも淫らなねだり言葉を、引き出そうとしているのだ。

「この……っ」

ぎりっと、一博は奥歯を噛みしめた。

男の色気が駄々漏れで、ファハドは誘いをかけてくる。しかし、恋人の前とはいえ、はしたないことを口走るのには、抵抗があった。

「俺なしの夜なんて、考えられるのか？」

真摯な瞳に見下ろされて、一博ははっとした。

ファハドは真剣だ。

欲望を煽りつつも、彼は一博に、本音をぶつけようとしているのだ。

その口調には、切なさすら滲んでいた。

「俺には、考えられない」

熱烈な告白に答えるよりも先に、口づけられる。

一博は無言で、そのキスに答えた。


「……んっ、ふぁ……」

抱き合いながら、繰り返し口づけを交わす。

キスには終わりがなく、体を重ねながら、何度もお互いの口内を貪りあう。舌先の艶めかしい動きに合わせて、互いの熱が高まっていくのを、布地越しにも感じられた。

興奮する。

体の芯が熱くなっている。

雄の欲望は隠しようもなく、恥ずかしげもなく欲しがりで、破廉恥《はれんち》な液を垂らしはじめていた。

もがくようにキスしていると、そこの部分まで布地越しに接吻しあう。もどかしい欲情の触れ合いに、一博は身悶《みもだ》えした。

「……っ」

ぐっと、ファハドが腰を抱き寄せてくる。

彼もまた、もどかしさを感じているようだ。キスをしながら、互いに高ぶった性欲を擦りあわせるように、何度も身じろぎをする。

「……ファハド、それ、だめ……だ……」

下着の中でふくれあがったものは、もう抑えがたい大きさと硬さになっていた。内側から、下着や服の布地を濡らしていく不愉快さとみっともなさに、一博は眉を顰める。

「なぜだ」

「……我慢できな……い……」

「俺もだ。おまえがほしい。……おまえは？」

「……ファハド」

「言え」

「……必要か？」

こんなにも密着して、布越しとはいえお互いの欲望を重ね合わせているというのに。

「必要だ」

にやりと、ファハドは笑った。

「おまえの言葉が、俺を喜ばせる」

臆面《おくめん》もない言葉に、一博は頬を火照らせる。

「――っ」

視線をしばし泳がせてから、一博はそっぽを向く。

でも、素直に欲しがられてしまっては、無下《むげ》に拒むことはできない。

恥ずかしさを押し殺すように、一博はぽつりと呟いた。

「……ほしい」

「それでは、両思いだな」

嬉しそうに笑うファハドを、直視できない。でも、目をそらしたままでいることもまた、できなかった。

彼の自然な笑顔は、魅力的だ。

どこか斜に構えた男から、一博だけはそれを引き出すことができる。

……愛されているのだと、実感する。

「ベッドに行こう」

誘いの言葉に、一博は素直に頷く。

すると、ファハドは一博を横抱きにして、瞬く間にベッドへとさらった。

服を、せっかちに奪いとられていく。

一博を裸にしてベッドに沈めたファハドは、体の上にまたがるように膝立ちになりながら、自らも上半身裸になる。

引き締まった褐色の体は、見慣れているはずなのに一博の視線を釘付けにした。今から、あの体に抱かれるのだと思うだけで、心臓が騒ぐ。

「愛している、一博」

囁きながら、ファハドは一博の体を滑り落ちていく。

口唇にまずキスしてから、首筋、鎖骨……。胸元に口をつけると、しばらくは小さな乳首に夢中になりはじめた。

「……あう……っ」

「もう、ここも硬くなっている。敏感だな。直に触らなくても、感じるようになったんじゃないのか?」

「言う、な……っ」

息をくぐもらせるように、一博は呻《うめ》く。

ファハドの言うとおり、一博の乳首は彼の手によって、快楽を得るための場所になってしまっていた。

今も、軽く先端にキスされるより先に、肌をじっとりと覆いだした熱のせいでふるっと震え、硬く尖っていた。

「おまえのここは、いつまでもねぶっていたくなる」

乳首で口遊びしながら、ファハドは嘯《うそぶ》く。

ひときわきつく吸い上げられると、なにもでないはずのそこが、切なく疼《うず》いた。

「……くっ」

「俺が弄《いじ》って、大きくなればなるほど、弄りがいが出てきそうだ」

「だから、そういうことを言うのは、やめ……っ」

「おまえの反応がいいのが悪い」

「あ……っ！」

一博は、思わず背をのけぞらせる。

絡むように重なっていた足の膝を、ファハドが股間に押し当ててきたのだ。

既に勃起している性器と、それに付き従う柔らかな陰嚢《いんのう》。そこを押し上げるように、ぐいっと
ファハドが膝を当ててくる。

「……っあ、はう……んっ……！」

強烈な感覚が、全身に走る。

思わず、一博は嬌声《きょうせい》を上げていた。

「……あっ、そこ、だめ」

「そこって？」

乳首から少しだけ口唇を浮かせて、意地悪くファハドは尋ねてきた。

股間も乳首も、今となってはファハドの意のままになっている。

一博には、抗うことができない。

「……んっ、あ、あうっ、あ……！」

「もっと、いい声を聞かせてくれ」

感じやすい場所を同時に責めさいなみながら、ファハドはほくそ笑む。

「……俺を興奮させてくれ」

「……っ、はあ……っ！」

快感をこらえかねて、一博はファハドの背に回す腕に力をこめた。

直接的に刺激される場所は、高ぶりきっている。

今にも、弾けそうだ。

しかし、そこだけではなく、いまだ触れられていない場所も、熱を持って疼きはじめていた。

切なささえ感じるほどにファハドを求めてしまっている……、一博の秘部。

「……もう、つら……っ」

「我慢するから辛いんだ。……俺の前では、欲望も隠すことはない」

「……て、いい……もうしなくていい、から……っ」

息も絶え絶えに、一博は訴える。

「早く、来い……よ……っ」

俺の中にと、譫言《うわごと》みたいに付け加える。

「……っ」

ごくりと、ファハドが息を呑んだ。

「俺がほしいっていうことか？」

「ほし、い……」

中にほしい。

切なく疼いている一博の空洞を、ファハドの欲望で埋めてほしかった。

雄の性器に突き上げられ、ぐずぐずに溶かされて、快楽のことしか考えられない、本能剝《む》き出しのケダモノになることを、一博はファハドの前でだけ自分に許している。

ファハドにだけは、己を委ねているのだから……。

「俺も、おまえとひとつになりたい」

ファハドはそう言うと、足で愛撫しているだけだった性器に、指を絡めてきた。

ただ押し上げて揉みしだくだけではなく、丁寧に一博の性器の先端から付け根までを愛撫して、雄の快楽を高めていく。

「おまえの出したもので、おまえの中を濡らしてやりたい。……だから、この手に全部吐き出せよ」

「……ひっ」

先走りでぬめりを帯びた指は、スムーズに動く。

そして、一博の欲望の形を作り上げていく。

(出る……っ)

快楽の熱に浮かされているうちに、己の欲望のことで頭がいっぱいになっていく。

射精すれば、ファハドが精液をその褐色の指に絡め取り、一博の後孔に塗り込めていくのだろう。そこを柔らかくして、ファハド自身の雄の欲望で貫くために。

それを考えると、背徳感でぞくぞくする。

被虐の趣味なんてないはずなのに、ファハドにだけはそれを許したい。破廉恥で浅ましい姿を曝《さら》け出される羞恥心すらも、快楽でしかなかった。

「……いきたいか？」

ファハドはそっと、一博の耳元に囁きかけてくる。

鼓膜を舐めしゃぶられると、それだけでぞくぞくした。

背を何度もしならせながら、一博は無我夢中で頷く。

「いきたい……」

喘ぐように、一博は呟いた。

射精することで、ファハドが一博を犯してくれる。それを想像するだけで、興奮のあまりどうにかなってしまいそうだった。

「いいだろう。……愛している、一博」

ひときわ甘い声で囁いたファハドは、一博の性器を一際強く愛撫する。

その刺激に導かれるまま、一博は快感を極めていた。

「……っ、あ、イく……っ」

歓喜の声を上げて、一博は射精する。たっぷり溢《あふ》れた精液を手のひらで受け止めたファハドは、それをぐっと握りこむように指へと絡めた。

「一博、足を開け」

絶頂を迎え、まだ息も絶え絶えな一博は、体が上手く動かせない。それでも、緩慢な仕草で、足を左右へと開いていく。

ファハドを受け入れるために。

「……ファハド……」

恥ずかしい部分を曝け出すことに頼りなさを感じて、一博は喘ぐように彼の名を呼ぶ。

すると、ファハドは満ち足りたような笑みを浮かべた。

「綺麗だ、一博」

ファハドは甘い声で囁きながら、一博の後孔に指を潜らせる。

「あ……っ」

一博の放った欲望の証しが、浅ましく疼き続けていた肉襞に塗り込められていく。

「……っ、あっ、ああ……！」

ファハドの指先が、体内のある一点に触れた瞬間、全身に電流が走ったような気すらした。体内で一番感じやすい、肉に埋もれた前立腺を、ファハドの指が抉《えぐ》ったのだ。

萎《な》えたはずの性器が、一気に硬くなる。

「ああ、ここだな」

「……だめ、だ、そこ……、こりこり、するなぁ……っ」

「そんな顔で言われると、もっと弄ってやりたくなってしまうじゃないか」

「…や、もっ、いく……やだ、中、来いよぉ……っ」

悲鳴じみた声を上げつつも、一博はファハドに命じる。

一人で絶頂を迎えるのは嫌だ。

二人がいい。

ファハドの滾《たぎ》らせた欲望を、一博の中にぶちまけてほしかった。

「……そんなふうに言われると、俺も抑えが効かなくなるじゃないか」

ファハドは喉を鳴らす。

「……なれば、いい……じゃないか……っ」

一博にだけ、浅ましい欲望を剝き出しにせよと強いるのは、ひどすぎる。

恨みがましく上目使いで睨みつけると、ファハドは欲望に瞳をぎらつかせる。

でも、この上もなく幸福そうな笑顔になる。

「ああ、そうだな。おまえがほしい、一博」

そう言うと、ファハドは己の欲望で、一博を穿《うが》つ。

「……っ、あ、ファハド……！」

「熱いな、一博……。すごくいい……」

ファハドは無我夢中で、一博を突き上げる。

その必死さが、快感だ。
一博が微笑むと、口唇に口づけられる。そのまま舌を絡め合い、二人そろって絶頂を迎えた。

（なにがあろうと、離れないだなんて……）
幸せな夢で、理想だ。
一博は、そう思う。
実際に、遠距離恋愛が上手くいくかどうかなんて賭けとしか思えない。
でも今は、ファハドの与える甘い夢に溺れてしまいたい。
一博がいいのだという彼の――。

2

「……おまえの体は、麻薬のようだな。どれだけ抱いても、飽き足りない」

囁いたファハドは、うつぶせになってシーツにまどろんでいた一博の肩甲骨に、そっと口づけを落とした。

「……っ」

吸い上げられる感触に、思わず体が反応する。

ぴくんと肩を跳ねさせると、一博はファハドを撥《は》ねのけるように、仰向けになった。

すると、ファハドは当然の権利のように、裸の胸に体を重ねてくる。

そして、散々吸われ、甘噛みされ、赤く色づいてしまった一博の胸へと、そっと口唇を寄せた。

「……やめ…っ」

何度も何度も快楽を極め、絶頂を味わった。

その快感の余韻もあり、いまだ一博の体は感じやすくなっている。

キス一つで、くすぶっている火種に火がついてしまいそうだった。

「もっと、おまえを味わいたい」

「あ……っ」

ファハドは、一博の左の乳首へ口唇を寄せた。そして、心音を味わうように手をそこに添えた状態で、ちゅくちゅくと吸い始めていた。

単純な吸引の感触は、快感に乱れて疲れた体に、心地よい刺激を与えてくる。

一博のそこからは何も出るはずもないのに、なにかが吸い出されて、ファハドに飲まれているような錯覚すらあった。

「……や、め…っ」

一博は、小さく声を上げる。

散々、快楽は貪った。

もうこれ以上、今はいい。

——満腹だ。

快楽で重くなった四肢は、シーツに沈んでいる。だから、ファハドを止めようとしても、上手く手が動いてくれなかった。

「……あ、だめ、だ……っ」

乳首がはれぼったく、熱を持ったようになっているのがわかる。

左側ばかりそんなに吸われたら、右より大きく赤くなってしまいそうだった。

ファハドのものだという証を、体に刻み込まれてしまう。

「もう、今夜はだめ……だ…っ」

「……もう少し」

「あ、こら、やめろ……！」

ファハドのほうも、まだセックスに飽き足りないというふうでもない。でも、とにかく一博の体を堪能しておきたいらしい。

そのくせ、どこか物憂《ものう》げだ。

(なにを考えているんだ？)

一博は首を傾げる。

無心に一博の乳首を吸い上げながらも、ファハドは時折、ふと遠い目をする。

なにか、考えているかのような。

いったい、何を考えているんだろうか。

別れ話でもしたいのかと、その物憂い表情を見ていると思ってしまう。

ファハドみずからが否定して、離れられないということを、この一博の体に刻み込んだばかりだというのに。

（ネガティブに考えるのは、俺の悪いくせだな。……しかし、ファハド。おまえだって悪いんだ）

一博は、小さく舌打ちをした。

（俺に、なにか隠しているようにしか見えないじゃないか）

今のファハドは一博に言いたいことがあるのに言えなくて、かわりに一博の体をまさぐっているように見える。

（言いたいことがあるなら、はっきり言ってくれ。……黙っていられるほうが、不安になってしまう）

心の中で、一博は呟く。

この言葉を、まだ口に出して言えない。

そんな自分は、意気地なしだろうか？

……大事な、好いていて欲しい相手だからこそ、一博には言えないことができてしまう。

かつては養親に対して。

そして、今はファハドに対して……。

こんなにも、ファハドが一博の心を捉えてしまうとは、思いもしなかった。

ふたりの関係のはじまりは最悪としか思えない。

だが、そんな過去があるのにも関わらず、今はファハドを愛してしまっている。

葛藤がないと言えば嘘になってしまうが、それ以上に、ファハドへのいとおしさで一博の胸は満ちていた。

愛しいからこそ、臆病になる。

けれども、なけなしの勇気を振り絞ることもできるのだ。

(失いたくはないから)

思い切って、一博は口を開く。

「……なにか、言いたいことがあるのか?」

「……どうした?」

ファハドは、ようやく胸から顔を上げる。

「言いたいことがあるのに言えないから……。甘えているように見える」

「甘えているとは心外だ。おまえを、喜ばせてやっているというのに」

「……っ」

乳首を甘噛みしてきたファハドの両頰を、一博は手のひらで挟みこむ。

そして、じっと目を見据えた。

「俺は、真面目な話をしている」

「……一博」

「隠し事はなしだ」

強い声で言うと、ファハドははっとしたような表情になる。

そして、静かに笑みをこぼした。

「一本とられたな」

呟いたファハドは、伏せ目がちになる。

まるで、照れているように。

彼はしばらく躊躇ったあと、ようやく口を開いた。

「俺の両親に会ってほしい」

「……なんだと？」

一博は愕然とする。

（俺が、ファハドの両親に会う……？）

そんなことは、まるで想像もしていなかった。

「どうして……？」

「どうしてと言うのか。……恋人を親に紹介したい理由なんて、ひとつしかないと思うが」

「正気とは思えない」

一博は、呆然としてしまう。

ファハドの故国の宗教は、同性愛に対して寛容ではない。

だからこそ、ファハドが国に帰るのであれば、彼との関係は続けられないだろうと、一博は覚悟をしていたのだ。

それなのに、両親に紹介する？

いくら王子の身分を持つとはいえ、ファハドは無事にすまないのではないだろうか。

「……おまえのせいで、俺はとっくに理性なんて奪われている」

ファハドはにやりと笑うと、一博に口唇を寄せてくる。

熱っぽいキスを、奪っていく。

「だが、本気だ」

「しかし、おまえの国は――」

「そのとおり、俺の国は同性愛に理解があるとは言いがたい。だが、両親はリベラルな人たちなんだ」

ファハドは、両親を信頼している。

そう、一博は思った。

ファハドが日本に来た理由が理由なので、もしかしたら家族仲が悪いのかと心配していたが、杞憂《きゆう》だったようだ。

「一博の言うとおり、王位継承の件で、俺もいつ国での役割を担うことになるのかわからない。だが、そのときに、俺は傍らにおまえにいてほしい」

「ファハド……」

「外野から、妻を娶《めと》れという声が出てくる可能性もある。……だから、おまえに負担をかけることになるかもしれないが……。でも、俺は両親におまえをパートナーとして認めさせたいんだ」

ファハドは、真摯な表情になる。

「自暴自棄になっていた俺が立ち直れたのは、おまえのおかげなのだから」

……こんなに求められ、愛されているとは、思っていなかった。

一博は、呆然とファハドを見つめる。

もちろん、ファハドからの愛情は感じていた。

でも、ここまで……将来のことを考えて、一博を求めてくれているとは、想像をしていなかったのだ。

(しかも、この傍若無人《ぼうじゃくぶじん》な男が、俺の負担を考えて、なかなか言い出すこともできなかったというのか？)

一博が無言なのを、ファハドはどう思ったのだろうか。

彼は心配そうに、「嫌か？」と尋ねてきた。

「……舐めるな」

一博は両手で挟んだ頬を、軽く叩く。

「おまえがそう思っているのなら、俺も覚悟を決める」

「一博……」

「……おまえの家族に会えるのが、楽しみだ」

微笑んでやると、ファハドも心底嬉しそうに笑う。


……そして、一博はファハドとともに、海を渡った。


「ファハドから、電話をもらっていました。極東で運命に出会った、と」

「ようこそ、遠いところまで。この国を、愛してもらえたら嬉しい」

ファハドの父親も母親も、ミックスカルチャーの人たちだという話を聞いていたとおり、ヨーロッパの香りを感じる人々だった。

緊張しきっていた一博も、あたたかく迎えいれられたことで、ほっとする。

敷地内に三つの宮殿を擁《よう》するファハドの実家につれてこられたときには、本当にどうしようかと思ったが……。

絢爛豪華《けんらんごうか》な宮殿で待っていたのは、家族的な温かい歓迎。一博を、迎え入れるという心づくしだった。

「ファハドは、いつかこの国を背負う立場です。ですから、あなたも苦労は多いでしょう。でも、家族である以上、私たちもファハドと同じようにあなたを支えます」

ファハドの母親の言葉に、一緒に迎えいれてくれた弟妹たちも頷く。

一博が来る前に、家族の意思をひとつにしていてくれたらしい。

それもまた、ありがたい気遣いだった。

不安なんて一博にはひとつも抱かせないとでも言うかのような、手厚い気遣い……。

(まさかファハドが、ここまで手を回してくれるとは)

それも、一博を愛しているゆえだと、うぬぼれてしまってもいいのだろうか？

「……ありがとうございます」

万感の想いをこめて呟く一博の肩を、ファハドは強く抱いた。

内々の歓迎の宴のあと、ファハドは一博を連れて、宮殿を抜け出した。

夜の砂漠は冷えるというが、季節柄か、心地よい、ちょうどいい気温だった。

「抜け出して、よかったのか？」

「かまわない。このままだと、夜通し大騒ぎになりそうだったからな」

「……いい方たちだ」

「そうだろう。……俺は鬼っ子だから、そうそう素直にはなれんがな。悪い家族ではないとは思っている」

「素晴らしいご家族だ」

「ああ、これからはおまえの家族でもある」

力強い言葉に、ふいに涙腺が緩みかける。

（家族、か……）

養親には感謝している。

しかし、今となっては、もはや一博の居場所のない「家族」。

そんな一博に、新しい家族ができた。

もしかしたらファハドは、一博のためにも、家族としてきちんと迎え入れたかったのかもしれない。

他に寄る辺のない一博の、不安を拭おうと……。

(年下だ、子供だとばかり、思っていたのにな)

一博は、ファハドの横顔を見つめる。

ファハドは、頼もしい恋人だ。

今の彼には、すべてを預けられるような、安心感を抱いている。

まさか、彼との関係がこんなものになるとは、一博は考えてもいなかった。

「一博、空を見ろ」

「え……?」

「東京では見られないものを、見せてやるから」

ファハドに促されるまま、一博は空を見上げる。

「これは……!」

一博は、驚愕した。

頭上には、きらめく天の川。

「……たしかに、こんな量の星は東京では見られないだろうな。もっとも、星空自体を眺める余裕なんてなかったが」

「美しいだろう」

ファハドは自慢げに言う。

「おまえは、案外、自分の国が好きみたいだな」

「そうだな……。窮屈さはあるが、やはり家族もいるし、拠り所でもある」

ファハドは笑顔になると、一博を抱き寄せる。

「俺も、おまえにとってのそういう存在になりたい」

「……ああ、その気持ちは十分伝わってきた」

一博は、ファハドの背に腕を回す。

「……ありがとう、ファハド」

「礼を言うのは、俺のほうだ。俺との未来を選んでくれたおまえに、感謝をする。……愛している、一博」

囁くような言葉とともに、ファハドは恭しくキスをしてくる。

これは、誓いのキスだ。

満天の星空の下に、永遠を誓う――。

繰り返しキスをしているうちに、体は熱を帯びる。

一際強く抱きしめられたかと思うと、出し抜けにファハドは一博を抱えあげた。

「な……っ、おまえ、なにするつもりだ！」

「今すぐほしい。……だが、さすがに砂の上ではな」

含み笑いをすると、ファハドは一博を横抱きにしたまま歩き出す。

「ま、待て。さすがに、こんな格好を見られたら……！」

「このあたりは、我が家の敷地の一部だ。通りすがりなんて来ない」

しれっとした表情のファハドは、一博をオアシスまで運んだ。

水が溢れている泉の中へ、彼は一博を抱えたまま入りこむ。

「馬鹿、濡れる……」

「気にするな」

「……っ」

横抱きにされたまま、ファハドは口づけてくる。

そして、オアシスのへりの草むらに、そのまま腰を下ろした。

「……っ、ふ……っ」

足が少しだけ水に触れる。

全身はキスだけで熱くなりかけていて、水の冷たさが心地よくてたまらない。

気がつけば、一博はファハドの肩越しに、満天の星空を眺めていた。

下敷きにした草の香りが、強く匂う。

「今すぐ、おまえの愛を確かめたい」

「……んっ」

「いいだろう？」

「……いつも、勝手にするくせに……」

「だからこそ、今日という日は確かめたいんだ」

今日という日。

一博が、ファハドの家族に迎えいれられた日——。

ファハドの愛情が、ひしひしと伝わってくる。

それならば、一博も彼に返すべきだろうか。

身一つしかなくとも、彼を愛しているのだと。

一博は、そっとファハドの背を抱いた。

「……愛している」

そっと、一博は囁く。

こんなに静かな気持ちで、声で、ファハドへの愛の言葉を紡げる日が来るとは、一博自身、想像もしていなかった。

「愛している、ファハド」

「俺も、愛している」

二人の距離は、ゼロになる。

体を重ねあわせるように、キスをする。口唇を合わせるだけではなく、噛み合い、そして混じり合うように。

「……あ、ふ……っ」

舌で口内をまさぐられると、濡れた声が溢れた。

そして、ぴちゃりと水音が響く。

「……んっ、ふ……」

歯列を割る舌は肉厚で、肉食獣を連想させる。でも、今から一博は、ファハドに食われるのではない。

食い合って、混じり合うのだ。

「……くぅ、あ……ふ……っ」

舌先を擦り合ってから、どちらからともなく舌を吸いあう。

一博は、喉奥まで迎えいれるように。

そしてファハドは、吸い上げるがごとく。

「……んっ」

ぴんと、ぎりぎりまで体の一部が張り詰めることで、互いを取り込もうとしているお互いを認識する。

欲望は暴力的だが、切実だった。

愛しているという言葉の代わりに、キスをどんどん深めていく。

上顎を舐められ、頬肉を抉られて、唾液を啜りあげられる。とうとう苦しさのあまりに一博が「……っ、あ……ファハド……っ!」

ファハドの名を呼ぶと、口唇を舌で舐めあげられる。

そして、ファハドは一博の口元へ、指を差しだしてきた。

舐めろ、というのか。

その指がどう使われるものなのかは、わかり切っている。

かっと、羞恥心で体が熱くなった。

でも、一博は逆らえない。

「……ん…」

舌を伸ばし、一博は指に唾液を塗り込めはじめる。

いずれ、この指が一博の体を犯すのだ。

それはわかっている。

わかっているが……。

ぞくぞくした。

自分の中でもっとも猥雑な場所を、ファハドに捧げるために、彼の指を唾液まみれにさせ、汚す。

この骨太な節くれだった指が、自分の体内でどう動くのか。

想像するだけで、体が熱を帯びる。

喉が渇く。

「……物欲しそうな顔をしている」

ファハドは、にやりと笑った。

「足を開け、一博」

その言葉を、拒むことなんてできるはずがない。

先ほどから、下腹が疼いて仕方がないのだ。

一博はファハドに促されるまま、自分で下半身を剝き出しにする。

そして、彼の目の前で、大きく足を広げた。

「もう勃《た》っている」

ファハドは嬉しそうに、一博の性器に指を絡めてきた。

そこは、キスだけで高ぶってしまった場所だ。

そして、指で後孔を抉られ、寛げられて、性器で貫かれるのだと思って、完全に勃起してしまった場所なのだ。

先端に宿った淫靡《いんび》な蜜が、星の輝きを映す。

ぷっくり浮かんだそれが一筋流れ落ち、腰が大きく震えてしまった。

硬くなった性器は、少しの刺激にも反応してしまう。

「……見る、な……」

浅ましく淫らな体の反応に羞恥を覚えながら、一博はさらに大きく足を広げている。

今の一博は、おかしくなっている。

ファハドからの愛に溺れ、理性まで呑み込まれてしまったのかもしれない。

「見るんじゃなくて、触れ……！」

「もちろんだ、望むままに」

ファハドはそう言うと、一博の窄まりに指を探り入れてきた。

そして、奥深い場所まで、一気に貫く。

「ああ……っ！」

一博は嬌声を上げ、背をそらした。

さらに、ファハドは突き入れた指を、今度は急に引き抜こうとする。それを押しとどめるように、一博は彼の指を、ぎゅっと締め付けてしまった。

「あう……っ！」

締め付けた瞬間に、指の先が、もっとも感じやすい部分に触れる。

前立腺の弾力を確かめたファハドはほくそ笑み、そこに指の腹を押しあてながら、一博をより淫らな体に変えていく。

「……っ、あ……。い……いい……」

「もっとだろう？　ほら、自分で弄ってみろよ。俺が好きすぎて、狂ったように欲しがっているところを、見せてくれ」

「……ん…っ」

一博はそそのかされるまま、自らの性器に手を添え、握り込む。

「……っ、ふ……。ファハ、ド……！」

ぐちゅ、ぬちゅと、自ら性器で淫らな音を立てる。

その動きをさらに煽るように、ファハドは一博の体内を、指で快楽に染めていく。

「……くっ、あ……。も、いきた……い…！」

快楽に溺れきった体は、さらなる高みと、解放を待ち望んでいる。

だが、一人では嫌だ。

快楽の熱で蕩けきった眼差しを、一博はファハドに投げかける。

「……早く、こい……」

「……イきたいのなら、ここを…」

「ああっ！」

「もっと強く刺激すればいい。淫猥《いんわい》に、放埒《ほうらつ》に、思いのまま、快楽を貪ればいいだけだろう？

それなのに、俺を咥えたいのか？」

意地の悪い言葉は、一博への渇望の裏返しだ。

ファハドは、一博に求められたがっている。

その想いが伝わってきたから、一博は口の端を上げた。

求められていること自体が、快感だった。

だから、望みを叶えてやる。

「……ふたり……が、いい……」

喘ぐように囁くと、ファハドが喉を鳴らす。

そして、一博を、無我夢中に掻き抱いてくれた。

「俺も、おまえの中でイきたい」

「あ……っ」

高ぶりきった、ファハドの雄の部分を押しつけられる。

その逞しさや熱さに、一博は息を呑んだ。

「俺を、欲しがれ」

懇願するように囁きかけられて、一博はファハドを甘やかしてやる。

「……ああ、欲しい。早く中に来い」

招き入れるように、ファハドの指で開いた穴を見せつけてやる。

そこは男を欲しがり、ひくついていた。

「おまえを、中で感じたい」

「……俺も、おまえの中に、俺を埋め込みたい」

満たされたような表情で笑ったファハドは、一博へ欲望の猛りをぶつけてきた。

「ああ……っ！」

挿入の衝撃に、一博は背をしならせる。

しかし、心地よい衝撃だった。

満たされていく。

一博は、ファハドの腰に足を巻き付ける。

「……ファハ、ド……っ、もっと……感じたい……」

「俺もだ……」

ファハドは一博の中を味わうように、大きく腰を揺らしはじめる。

それにあわせて、つながった一博の体も、揺さぶられる。

そして、快楽の高みへと放りあげられる。

「……んっ、いい……。ファハド、もっと……！」

「すごいな、一博。きゅうきゅうに締め付けてくる」

「……えの、おまえの、熱い……っ」

「ああ、おまえのことを考えるだけで、俺は欲情する」

「……んっ」

「愛している、一博」

欲望のまま腰を動かしながら、せめぎ合うようにキスをする。

荒い呼吸とともに、一博は呻いた。

「中、で……出して……っ」

一緒にイきたい。

懇願するように抱き合えば、ファハドの性器が一博の中で、もう一回り大きくなった気がした。

「一博、かずひろ……！」

猛り狂ったように名前を呼びながら、ファハドは一博の中で果てる。

その瞬間、一博もまた絶頂を迎えていた。

「……愛している……」

呟いた声は、どちらのものだったのか。

二人は天の川の下、身も心も結ばれた。

こんにちは、あさひ木葉です。このたびは、「マルコイ」をお手にとってくださいまして、ありがとうございました。

アラブの石油王と素直になれない受という、私としてはThe王道の萌えを書こうというつもりで書いたふたりですが、楽しんでいただければ嬉しく思います。

今回は締め切り直前に体調を崩して、他の先生方や、担当さんにはご迷惑をおかけしてしまい、本当に申し訳なく思っています。御堂先生や桂生先生の素晴らしい作品をごらんになって、企画を楽しみにしてくださっていた読者の皆様にも、あらためてお詫び申しあげます。

イラストレーターの小禄先生にも、ご迷惑をおかけしてしまいました。それにも拘らず、美しいイラストをありがとうございました。


なかなか思うように仕事ができない日々が続いていたのですが、その間ずっと読者の皆様の存在に本当に支えられていました。アンケートやお手紙いただけるのもすごく嬉しいですし（お返事なかなかできなくてごめんなさい）、本を読んでくださる方がいるんだと思うだけで、本当に励まされていました。ありがとうございます！

今後も、小説を書いていけたらいいなと思います。楽しく読んでいただけるエロスなBLを目指して、これからも頑張りますので、またどこかでお会いできたら嬉しいです。

◆初出一覧◆

丸の内の最上階で恋したら 砂漠の欲情　／小説ビーボーイ(2016年冬号)掲載

※単行本収録にあたり「丸の内の最上階で恋したら　Room.2」から改題・加筆修正しました。

蜜は泉のごとく　／書き下ろし

ビーボーイノベルズをお買い上げいただきありがとうございます。
この本を読んでのご意見・ご感想をお待ちしております。

〒162-0825 東京都新宿区神楽坂6-46
ローベル神楽坂ビル5F
株式会社リブレ内 編集部

リブレ公式サイトでは、アンケートを受け付けております。
サイトにアクセスし、TOPページの「アンケート」から該当アンケートを選択してください。
ご協力をお待ちしております。

リブレ公式サイト http://libre-inc.co.jp

丸の内の最上階で恋したら 砂漠の欲情

2016年9月20日 第1刷発行

著者――あさひ木葉

発行者――太田歳子

発行所――株式会社リブレ
〒162-0825
東京都新宿区神楽坂6-46ローベル神楽坂ビル
営業 電話03(3235)7405 FAX03(3235)0342
編集 電話03(3235)0317

印刷所――株式会社光邦

定価はカバーに明記してあります。
乱丁・落丁本はおとりかえいたします。

この書籍の用紙は全て日本製紙株式会社の製品を使用しております。

Printed in Japan
ISBN 978-4-7997-3005-8